トゥルビンとメルクリンの
不思議な旅

ウルフ・スタルク：作・絵
菱木晃子：訳

First published by Bonnier Carlsen Bokförlag, Stockholm, Sweden
Published in the Japanese language by arrangement with
Bonnier Group Agency, Stockholm, Sweden
through Tuttle-Mori Agency, Inc., Tokyo

トゥルビンとメルクリンの不思議な旅

1

トゥルビンとメルクリンはそれぞれのベッドに入り、ふたたび起きるためにねむりにつく

　トゥルビンとメルクリンは、だいのなかよしだった。ふたりは兄と弟で、トゥルビンのほうがずっと年上だった。

　でも自分たちが何歳《さい》かとか、誕生日《たんじょうび》がいつかなんてことは、ふたりとも気にしていなかった。好きなときに好きなだけ、年に何回でも、誕生日《たんじょうび》を祝いたいからだ。

ふたりの家は、ひろいひろい空の下にあった。灰色の家で、すぐそばにトイレ小屋とたきぎ小屋と流れのきゅうな川があった。

ふたりの家からすこしはなれたところには、ウルバン・ラーションという時計屋のおじいさんが住んでいた。

ウルバン・ラーションは、おこりっぽいダチョウをかっていた。

時計屋のすこしさきには雑貨屋《ざっかや》が一軒《けん》あって、そこから道を歩いていって右にまがると、ひろい世界がどこまでもつづいていた。

トゥルビンとメルクリンは、そのひろい世界へは行ったことがなかった。

「ぼくたち、ここで楽しく暮《く》らしているものね」家へ帰る小道を歩いていると、メルクリンはいつもいった。

「いいや」トゥルビンは、いつも首をよこにふった。「ぼくは、もしもきみがいなかったら、ひろい世界へ旅にでるぞ。いろいろと冒険《ぼうけん》するために」

「だったら、ふたりでいっしょにでかけない？」

「それは、むりさ。わかってるだろ？　ぼくは、きみのめんどうをみないといけない。きみは小さいから、なにかと手がかかる。ほっておけないじゃないか」トゥルビンはそういうと、メルクリンを胸《むね》にだきかかえた。

そして赤んぼうのように、よしよしとあやしながら、自分がこれまでメルクリンのためにしてきたことを、あれこれ思いだした。

「たとえば、きみがゲロをはいたときのことをおぼえているかい？　あのとき、ぼくは走っていって、バケツをとってこないといけなかった」

「うん、おぼえてる。けど、もう二年もまえの話だよ」

「そうさ。でも、またいつ起きるかわからないだろ？」

そんなわけで、トゥルビンとメルクリンは、ずっとこの家で暮《く》らしているのだった。

ふたりは毎日、いろいろなことをした。たきぎを切ったり、買いものに行ったり、

誕生日《たんじょうび》を祝ったり。そのほかにも、トゥルビンはしげみのうしろにすわって考えごとをしたし、メルクリンは大好きな川のそばにすわってぼんやりとしたり、川とあそんだりした。

夜になるといつも、トゥルビンはメルクリンのために、声にだして本を読んだ。たいていは、砂漠《さばく》の探検《たんけん》についての本だった。

「カラハリ砂漠《さばく》、サハラ砂漠《さばく》、ゴビ砂漠《さばく》、カラコルム砂《さ》漠《ばく》……」

そして読みおわると、トゥルビンはいつもこんなふうにつぶやくのだった。

「ああ、ここでの暮《く》らしは、もうあきたなあ。古びた家、

いつもと同じトイレ、いつもと同じ川……」

今日も、また夜になった。

メルクリンは居間《いま》のランプの下にすわって、靴下《くつした》のあなをテープでとめていた。

トゥルビンはラジオのまえにすわって、いつもの天気予報がはじまるのを待っていた。

「明日は、なにするの?」メルクリンが話しかけると、トゥルビンはいった。

「もちろん、天気によるさ。さあ、し

ずかに。天気予報がはじまる」

ラジオから単調な声が流れてきた。

しばらくのあいだ、高気圧、低気圧、雲の動きについて、話がつづいた。

天気予報がおわると、ダンス音楽がはじまった。

トゥルビンはラジオを消した。

「ねえ、どうなるの？」メルクリンがまた話しかけた。

「どうって、なにが？」

「天気だよ」

「ああ、天気ね。明日は、くもりときどき晴れだそうだ。さてと、もう寝《ね》る時間だぞ。今夜は、ベッドまではっていけ！」トゥルビンはいった。

すると、さっそくメルクリンは廊下《ろうか》をはって台所へ行き、コップに

一杯《ぱい》、水を飲んだ。それから自分の小さな部屋へはっていき、ベッドにもぐりこんだ。

トゥルビンがやってきた。

トゥルビンはいつものように、砂漠《さばく》の探検《たんけん》についての本を声にだして読んだ。てりつける太陽、はてしなくつづく砂《すな》の海を、船のようにすすむラクダ——。

でもじきに、トゥルビンは本を読むのをやめてしまった。砂漠《さばく》の本を読むと、のどがからからにかわいてしまうのだ。

「おやすみ」トゥルビンはいった。

「トゥルビンもね」とメルクリン。

トゥルビンは、自分の小さな部屋へひきあげた。

服をぬぎ、きちんとたたんで椅子《いす》にかけると、パジャマにさっと着がえ、あおむけによこになって両手で目をおおった。ねむりにおちていきながら、トゥルビンは「カラハリ砂漠《さばく》……」とつぶやいた。

メルクリンはトゥルビンの部屋よりも小さな部屋で、ベッドから夜空を見あげていた。雲が月をかくすように流れていく。星があちらこちらで、ちらちらとまたたく。

メルクリンはあらためて、トゥルビンもぼくもこの家に住んでいられて、なんて幸せなんだろうと思った。

もしもそうでなかったら、顔に雪があたろうと、風が木のあいだをヒューヒューふきぬけてこようと、ぼくたちは冬の夜に外をうろつかなくちゃならない。暗闇《くらやみ》の中で、よその家の窓にあたたかい明かりがともるのをながめて、ああ、あの家に住めたらいいのに、なんて思わなくちゃならないんだ。でも、いまはそんなふうに思わなくてすむ。だって、ぼくたちはこの家に住んでいるんだもの……。

そんなことを考えているうちに、メルクリンもねむりにおちていった。まえにもまして、いまの幸せをかみしめながら――。

夜中にとつぜん、メルクリンは目がさめた。変な音が聞こえたのだ。天井をこするような音。エンジンをつけた物体が動いているような音。

「トゥルビン！」メルクリンはさけんだ。「トゥルビン、トゥルビンってば！」

でも、返事はなかった。

メルクリンは、トゥルビンの部屋にかけこんだ。

ベッドは、からっぽだった。しわだらけのまくらがのっているだけ。床には靴《くつ》。でも、足はない。トゥルビンのつばのある黒い帽子《ぼうし》も見あたらない。

メルクリンは、音のする屋根うらへ階段《かいだん》をそっとあがっていった。

屋根うらには、だれも使っていないあき部屋があった。あき部屋といっても、正確にいえば、まったくなにもないというわけではなかった。

本棚《ほんだな》に、砂漠《さばく》の地図と本がおいてある。地球儀《ちきゅうぎ》がのっている机《つくえ》もある。洋服入れにはすりきれた革《かわ》のコートがかけてあり、コートの内ポケットには財布が、両わきのポケットには、飛行士がかぶる革《かわ》の帽子《ぼうし》、チューインガム、手首まである手袋《てぶくろ》、飛行用ゴーグルが入っていた。そしてときどき、かすかにアフターシェーブローションのにおいがした。

メルクリンは、ドアのところで立ちどまった。

ドアの方に背《せ》をむけて、机《つくえ》のまえの椅子《いす》に男の人がすわっている。男の人は両手に手袋《てぶくろ》をはめ、頭に革《かわ》の帽子《ぼうし》をかぶっている。目に見えない操縦《そうじゅう》かんをひき、左右に動かし、目に見えないボタンをおし、椅子《いす》をガタガタゆらしながら、くちびるでエンジンみたいな音をたてている。

「ブーーーン」低いうなり声がひびく。

「パパ……」メルクリンは小声でつぶやいた。

男の人は気がつかなかった。というより、なにかが起きたのだろう。とつぜん、背《せ》中《なか》をはげしくふるわせたかと思うと、のどをつまらせた。まるで、プロペラ機のエンジンがおかしくなったときのような音だ。

「プルッ、プルッ、プルッ……。早くしなければ……」

「なんのこと?」メルクリンは声をかけた。

でも、男の人には聞こえなかったようだ。さっきよりもいっそうはげしくうなったり、のどをつまらせたりしている。そして、ふいに「おちつけ、おちつくんだ!」と宙にむかってさけぶと、かわいたせきのような声をあげ、椅子《いす》の上で腰《こし》を二、三度はずませた。

そのあとは、じっと動かなくなった。

「うまくいった」男の人は、満足そうに低い声でつぶやいた。「間一髪《かんいっぱつ》だった」

「なにが?」メルクリンは、もう一度声をかけた。

すると、ようやく男の人がふりむいた。トゥルビンだった。

トゥルビンは、すぐに革《かわ》の帽子《ぼうし》とゴーグルと手袋《てぶくろ》をとると背中《せなか》にかくし、それからあわてて、ひろげていた地図の下につっこんだ。

「メルクリン!」トゥルビンはいつもの声でいった。「こんな夜中に、ここでなにしてるんだい?」

「変な音がして、目がさめたんだ」

「変な音?」トゥルビンは聞きかえすと、い

ったいなんだろうというように、目をぐるりとまわした。

「エンジンみたいな音だよ」

「エンジン？」トゥルビンは鼻をフンと鳴らした。「エンジンなんて、どこにある？」

「この部屋から聞こえたんだ。飛行機のエンジンみたいな音」

「飛行機！　まったく、メルクリンときたら、ときどき、あまりにばかばかしいことをいってくれるから、笑ってしまうよ。ハハッ！」トゥルビンは笑い声をあげた。

「ハハッ！」メルクリンも笑った。トゥルビンが楽しいと、メルクリンも楽しいのだ。

「だけど、手袋《てぶくろ》をして帽子《ぼうし》をかぶっていたのは、トゥルビンだったよ」

「ぼくが？」トゥルビンはそういいながら、髪《かみ》をなでつけた。「どこに革《かわ》の帽子《ぼうし》があるって？」

「たったいま、ぬいだじゃないか。はじめ、ぼくはパパかと思った。でも、椅子《いす》にすわってブンブンうなっていたのは、トゥルビンだった」

「それは、ちがう。ぼくがブンブンうなっていたなんて。もしかして、メルクリン。熱があるんだろ？　悪い夢を見たんだ。ねむりながら屋根うらへあがってきてしまったんだね。かわいそうに。どれ、おでこをさわらせてみてくれ」トゥルビンは骨《ほね》ばった手を、メルクリンのおでこにあてた。

「あちっ。これは、ひどい熱だ！」トゥルビンはすぐに手をひっこめ、ふうふうとふいた。「すぐに寝《ね》ないとだめだ」

トゥルビンはメルクリンといっしょに階段《かいだん》をおりていき、すぐに毛布とあたためたミルクを持ってきた。そして冷たい水にひたしたハンカチを、ベッドによこになったメルクリンのおでこにのせると、いった。

「おやすみ」

「うん。明日はなにするの？」

「きみの体調しだいだよ。とにかく、おやすみ。また明日、会おう」

「どこで何時に？」

「台所で八時に」

「うん、わかった」

ふたりは約束し、同時にくりかえした。

「台所で八時に！」

「夢なんか気にするなよ」トゥルビンはつけたした。

けれども、そうはいかなかった。

メルクリンは、目をあけたままベットによこになり、やがて目をとじると夢を見た。ブンブンうなりながら空をとんでくる飛行機の夢を。つばさが月の光をあび、銀のように光っている。

飛行機は、ラクダたちが立ったままねむるひろい砂漠《さばく》をこえ、暗い海の上を夜が明けるまで西へむかってとびつづける。そして、ついに川とトイレ小屋とメルクリンたちの小さな家がある地上に着陸する——。

飛行機が高度をさげると、メルクリンは「パパ……」とつぶやき、にやにやしながら、まくらをぎゅっとだきしめた。

2

トゥルビンとメルクリンはおたがいをさがし、トゥルビンはふたりがどのようにして生まれたかを語る

つぎの朝、メルクリンは雨が窓にあたる音で目がさめた。時計は八時三分まえをさしている。

メルクリンはすばやく半ズボンをはき、赤いシャツを着ると、靴《くつ》はサンダルにしようか、ジョギングシューズにしようか、しばらく考えた。予報どおり、くもりときどき晴れという天気なら、サンダルがいいだろう。

ところが、サンダルをはきおわったときには、約束の時間を二分すぎていた。

あっ、いけない、とメルクリンは思った。トゥルビンは、きっといらついている。時間におくれると、トゥルビンはいつもいらつくのだ。

こうなっては一秒《びょう》だって、むだにはできない。メルクリンはよしと気合をいれてサンダルをぬぎ、ジョギングシューズにはきかえた。走っていかなければならないからだ。

ところが、ひもを結ぶのに、かなり手間どってしまった。

ようやくジョギングシューズをはきおえると、メルクリンは台所まで全速力で走った。トゥルビンとの約束の場所へ。

けれども、トゥルビンはいなかった。

いたあとはある。飲みほしたコーヒーカップ、飲みほした牛乳のコップ、ハエがとまっている半分食べかけのパン。

トゥルビンはきっと家の中を走りまわって、ぼくをさがしている

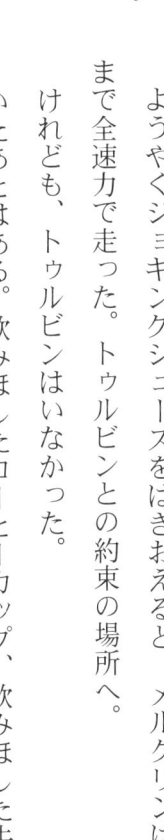

んだろう、とメルクリンは思った。そこで、パンののこりを食べおえると、自分もトゥルビンをさがして走りだした。

まず、そうじ用具置き場へ行った。そのとき、トゥルビンは地下室にいた。つぎに、地下室へ行った。そのとき、トゥルビンは自分の部屋にいた。

メルクリンがトゥルビンの部屋へ入ったときには、トゥルビンはメルクリンの部屋へ入ったところだった。

トゥルビンは、床《ゆか》にぬぎすてられたサンダルに気がついた。

「メルクリンのやつ、はだしででかけたのか。風邪《かぜ》をひいたら、ぼくが看病《かんびょう》しなくちゃならなくなるじゃないか」トゥルビンはうなるようにそういうと、ふたたびメルクリンをさがして走りだした。

こんなふうに、ふたりはしばらくのあいだ家の中を走りまわっていたが、ずっとすれちがっていた。

とうとう、メルクリンは足が疲《つか》れてしまった。玄関《げんかん》でトゥルビンの黒い長靴《ながぐつ》を目にすると、トゥルビンはこんな雨の中、はだしででかけたんだと心配になった。

でも、もしまだ家の中にいるのなら、あとは屋根うらのあき部屋しかない、とメルクリンは廊下《ろうか》で考えた。

あとは屋根うらのあき部屋しかない、とトゥルビンは物置の中で考えた。

ふたりはそれぞれ、階段《かいだん》をかけあがった。

「あっ、こんなところにいた！」メルクリンは声をあげた。「台所で会おうっていったのに」

「八時っていったろ？　いま、何時だと思ってるんだ？」トゥルビンはいいかえすと、壁《かべ》にかかっているいる金の時計をゆびさした。

十一時四十五分。いつもどおりだ。時計はこわれているのだ。

それから、おたがいに文句《もんく》をいいあった。ふたりとも、相手の身になにか起きたのではないかと心配していたからだ。

「寝《ね》ぼすけ！」トゥルビンはさけんだ。

「石頭《いしあたま》！」メルクリンもさけんだ。

それから、ふたりは腕《うで》をとりあい、だきあった。こうして会えたことがうれしかったからだ。

だきあうのが一段落《だんらく》すると、メルクリンはトゥルビンにたずねた。

「これから、なにするの？　外へ行く？」

「外へは行かない。雨だからね」
「そうだね。そしたら、クリスマスのかいばおけであそぶ？」
「それは今夜にしよう」
「じゃあ、パパのことを話してよ。ぼくた

ちが、どうやって生まれたかについても」

「もう何度も話したぞ。おぼえていないのかい？」

「おぼえてないよ。パパの飛行機がとんできたときの話が聞きたいな。どんな音だったっけ？」

「ブルル！」トゥルビンは声にだした。

「それから？」

「プルッ、プルッ、プルッ……」

「そうだったね。エンジンがおかしくなっちゃったんだ」

「エンジンが故障《こしょう》したんだ」トゥルビンは、あらたまった声でいった。「パパは緊急《きんきゅう》着陸しないといけなかった。そして、着陸場所を見つけ、こんなふうに着陸態勢に入った……」

トゥルビンは飛行機のつばさのように両腕《りょううで》を左右にのばすと、大またで歩いていき、つばさをゆらしながら上半身を床にかがめた。

「着陸成功！」メルクリンは、うれしそうにさけんだ。

「正確には、時計屋のジャガイモ畑に着陸したんだ。あそこは、ひろいからね。パパはぎりぎり、まにあった。あたりはすでに暗くなりはじめ、風がつよまっていた。木のこずえがザワザワと音をたてていた。パパは夜の冷気をすいこむと、ねむるところをすぐに見つけなければならないと思った。飛行機からおりて、この家のまわりを歩き……」

「立ちどまって、川の音も聞いたの？」

「いいや、川の音など気にかけなかった。でも、トイレ小屋のトイレは役にたちそうだと思った。たきぎ小屋には、たきぎがあった。玄関《げんかん》に、かぎはかかっていなかった。

そこで、パパは考えた……」

「ここなら、非常事態にたえられるってね？」

「そのとおり。パパはすぐに家の中に入り、屋根うらへあがった。コートをぬいでフックにかけ、地図と本を本棚《ほんだな》においた」

「ずっとまえのことなの？」

「ああ、ずっとずっとまえさ。ぼくたちが生まれるまえの、たぶん、九月か十月のことだろう」

「ぼくたちは、どうやって生まれてきたの？」メルクリンが聞くと、トゥルビンはサボテンのそばのひじかけ椅子《いす》に腰《こし》をおろし、長い足をくんだ。

「ぼくがヒマワリの種をうえたとき、見ていただろ？」

「うん」

「あれとおなじさ。はじめ、人は小さな種なんだ。土の中に指でうめられるくらい、小さなね。たとえば、植木ばちとかに種をうえるだろ。しばらくすると芽がでて、苗《なえ》になる。それから毎日どんどん大きくなって、腕《うで》と足とつばのある帽子《ぼうし》がはえてくる」

「ぼくはちがうよ」

「ちがわないさ」

「ぼくの帽子《ぼうし》は、つばがないもの」

「そうだね。でも、ぼくの場合は、つばのある帽子《ぼうし》とコートだったんだよ」

「なのに、どうしてパパはぼくたちをおいて、とんでいってしまったの？」

「まだ、ふたりが地上にでてきていなかったからだよ。パパは、ぼくたちが発芽するとは思っていなかったんだ。あるいは、とても小さかったから、大きくはならないと思ったのかも。パパはエンジンをなおして、それをためすことで精いっぱいだったからね」

「いまはどこにいると思う？」

「砂漠《さばく》へとんでいった。まえに地図を見ただろ？」

「それから？　どうしてパパはもどってこないの？」

「エンジンがまた故障《こしょう》したんだ」トゥルビンは低い声でいった。

ふたりはおしだまり、考えをめぐらした。トゥルビンは、砂漠《さばく》を行くはるかな旅に思いをはせた。

メルクリンは、ひとりぼっちで暑い砂漠《さばく》をさまよっているパパに思いをはせた。夜になると、砂丘《さきゅう》の上でねむるパパ。のどがかわいて死んでしまうまえに、エンジンがかかるよう、ねじまわしでボルトをしめたり、かなづちでたたいたりしているパパ。

メルクリンはときどき、パパの飛行機がブンブンいいながらとんでくる夢を見た。熱がでたときには、パパがベッドにかがみこみ、「パパのかわいい息子よ」といって、おでこをなでてくれる夢を見たこともあった。

「パパをちゃんとさがそうよ」メルクリンはいった。

「ぼくだって、心からそうしたいとねがっている。ひろい世界へでていけたらいいとね。でもとにかく、パパをさがすのは、もうすこしさきにしよう。きみはまだ小さい」

「じゃあ、いまはなにをするの?」メルクリンはたずねると、窓から外を見た。

「雨、あがったよ」

「まずは目玉焼きを食べよう。ヨーグルトも。それから、ここでの暮《く》らしがいかにたいくつか、見せてやろう」

「たいくつじゃないよ」

「たいくつさ。証明してみせる」トゥルビンはいった。

3

トゥルビンはメルクリンのために、いかにすべてがたいくつかを証明し、ダチョウをからかう

目玉焼きとヨーグルトを食べおえると、トゥルビンとメルクリンは外へとびだした。空気はすんでいる。太陽はさんさんとてり、雨のしずくは小さなランプみたいに、きらきらとかがやいている。

地面では、土の中からはいだしてきたミミズたちが、からだをかわかしていた。

「きれいだと思わない？」メルクリンはトゥルビンに話しかけた。

「いいや、きれいじゃない。あの旗《はた》をあげるポールを見ろ。トイレ小屋なんか、いうまでもない！」

「どういうこと?」

「新しいものはなにもない。いつもの古いトイレだ。昨日とおなじ、やせ細った古びたポールだ」

「でも、ミミズは楽しいでしょ?」

「ちっとも」トゥルビンは鼻をフンと鳴らした。「いつもとおなじで、ただ、はいまわっているだけだ。歌でもうたいだしたら、それが楽しいってもんだ」

「うん、そうだね」メルクリンはうなずいた。

「でも、ミミズはうたったりしない。行こう。川へ行ってみよう」トゥルビンはいった。

メルクリンは、川が大好きだった。家のうらの森の中にある川。小さな木の根もとに腰《こし》かけて首をかしげれば、早瀬《はやせ》の上にかかる虹《にじ》が見える。

メルクリンは考えごとをしたいときは、いつもここにきてすわった。あるいは、考えごとをしたくなくて、ただ歌をうたいたいときにも。水がいきおいよく流れる音を聞いていると、メルクリンはうれしくなるのだ。

ぼくの大好きないつもの川だ、とメルクリンは思った。

トゥルビンとメルクリンは橋の上に立つと、水の流れを見おろした。

「本当に、つまらない川だ。あくびがでるくらい、たいくつだ」トゥルビンがそういって、口を大きくあけたとたん、ちょうどハエがとんできた。

ハエは、トゥルビンの口の中に入った。

トゥルビンは三回、ペッ、ペッ、ペッとつばをはいた。そして、いまいましそうに石をひろうと、川にむかって投げこんだ。

バシャン！

メルクリンは笑い声をあげた。

「メルクリン、きみは楽しいみたいじゃないか？　フン」トゥルビンは、また鼻を鳴らした。

「うん、楽しいよ。いい音じゃない？」メルクリンがこたえると、トゥルビンはもうひとつ、石を投げこんだ。さらに、もうひとつ。

「これでもか！　これでどうだ？」トゥルビンはわめきながら、石を投げつづけた。
とうとう、メルクリンがとめにはいった。
すると、トゥルビンは満足そうにいった。
「ほら、証明できただろ？　人はすべてのことに、じきにあきるということさ。よし、つぎへ行こう」

つぎに、ふたりは大きなトウヒの木のそばにあるアリ塚《づか》へ行った。トゥルビンはアリをゆびさし、ため息をついた。つまらないものがどんなかを、メルクリンに教えるために。

ところが数秒《びょう》後、トゥルビンは悲鳴をあげると、片足《かたあし》でとびはねた。左の足首をアリにかまれたのだ。

「わかったろ！　わかったろ！　わかったろ！　アリというのは本当に大ばか者だということが！」トゥルビンがわめきながら顔をひきつらせると、メルクリンはつい、フッと笑ってしま

った。

「ほう、笑ったな！　窒息《ちっそく》しそうになるほど笑ったな。人の不幸がそんなにうれしいのかい？　どんなに痛《いた》いか、きみにはわからないんだ」

「じゃあ、もう帰る？」

「まさか。このくらい平気さ。たぶん。ちょっと休めばいい。メルクリン、息をふきかけてくれ」

そこで、メルクリンはトゥルビンの足首をふうふうふいた。

アリにかまれた赤いあとは、もうほとんど見えなくなっていた。

それでもトゥルビンはぶつくさ文句《もんく》をならべ

たて、アリにかまれたのがメルクリンでなく、自分だったことが不幸中の幸いだといった。

「きみだったら、大声で泣《な》きさけび、気絶《きぜつ》していただろう。そうだ、なにかおもしろい話を聞かせてくれ。そうすれば、痛《いた》みをわすれられるってもんだ」

そこで、メルクリンはパパの話をはじめた。

「パパはきっと、おなかがすいていると思うんだ。そして、ぼくたちのことをとっても恋《こい》しがっていると。だから、パパをさがしにでかけようよ」

すると、トゥルビンは人さし指をぴんと立てて、いいかえした。

「きみってやつは、本当にこりないやつだな。今朝、きみは、家の中で、このぼくすら見つけられなかったんだぞ。それに、いまがどんなにさしせまった状況《じょうきょう》か、わかるだろ?」トゥルビンは足を持ちあげてみせた。

「けど、冒険《ぼうけん》は?」

「残念だが、いますぐはむりだ。さてと、つぎは時計屋のダチョウをからかいに行こう」

「どうして？」

「あいつがいかにおこりっぽいか、きみに見せるためさ。いつもきまってそうだということを。肩《かた》をかしてくれ」トゥルビンは、メルクリンの肩《かた》につかまって歩きだした。

足をすこしばかり、ひきずっている。右の足を！

ウルバン・ラーションの時計屋は、そう遠くないところにあった。ドアの上に、駅にあるような、まるい大きな時計がついている黄色い家だ。

時計は、一時間ごとに時をつげた。そのたびに、近くのしげみから小鳥たちがとびだし、ダチョウは土の山に頭をつっこむ。

トゥルビンとメルクリンがやってきたときは、ちょうど五時を打ったところだった。

垣根《かきね》のむこうではダチョウが土に頭をつっこみ、おしりをつきだして立っていた。

「あそこだ」トゥルビンはいった。「そばに行って、からかってやろう」

「本気なの？　ばかばかしいよ」

「ばかばかしいだと？　フン、ぼくに説教するつもりかい？　見ててみな。ぼくがいったとおり、ダチョウはあばれだすぞ」

そういったとたん、トゥルビンは長い足で垣根《かきね》をまたいだ。

そしてダチョウのまえに立つと、舌をつきだし、目をむき、親指を両耳につっこんで、手をぱたぱたとふった。

「やーい、まぬけ鳥！」

とたんにダチョウは首を土からひきぬき、だっと走ってきた。トゥルビンをくちばしではさんで持ちあげ、左に右に大きくゆらす。

「ほら、いったとおり、おこってあばれだした！」トゥルビンは勝ちほこったようにいった。そして、さけんだ。

「おい、やめろ！　はなせ！　助けてくれーーーー！」

けれども、ダチョウはいうことをきかなかった。それどころか、もっとはげしくトゥルビンをゆさぶった。

ようやく、くちばしをはなしたのは、ウルバン・ラーションが家の中からでて

きたときだった。
ダチョウは、トゥルビンをぬかるみの中におとした。
「ギャー！」トゥルビンは悲鳴をあげた。

「なんだね、そのざまは！」ウルバン・ラーションはそういうと、トゥルビンが立ちあがるのに手をかしてくれた。「いったい、なにをしたんだね？」
「こんなことをしただけですよ」トゥルビンは、どろだらけになった帽子《ぼうし》をふり、目をむいた。
ダチョウは、またもやおこりだした。
「もうやめとけ」ウルバン・ラーションはトゥルビン

にいった。「それより、うちでお茶でも飲もうじゃないか？」

「ええ、ぜひ」

「うん、飲もう、飲もう」メルクリンもいった。

ウルバン・ラーションの家の中は、さすがに時計屋だけあって、どこもかしこも時計だらけだった。大きいの、小さいの、中くらいの、本当にいろいろな時計がある。トゥルビンとメルクリンが気にいったのは、ドーム型《がた》のガラスケースの中にバレリーナと犬がいる置時計だった。トゥルビンはバレリーナに、メルクリンは犬に、すっかり夢中になってしまった。
時計が六時を打つと、バレリーナと犬はくるくるとおどりはじめた。

「かわいい子だなあ」とトゥルビン。

「ぼくは犬が好きだよ」とメルクリン。

ふたりはそれぞれ、お茶を飲みおわるまで、バレリーナと犬に見とれていた。

そのあいだ、ウルバン・ラーションは『時間』について話しつづけた。あんまりべらべらしゃべるので、とうとうトゥルビンがおこりだした。

「フン、結局はおなじことさ。一年のあとに、べつの一年がくる。そして、さらにまた一年。それは、どうすることもできないことさ」

「それでは、最初の一秒《びょう》はどこからきたのか

ね？」ウルバン・ラーションはいった。「そのことを、わたしはずっと考えとる」

「たぶん、お花の植木ばちからだよ」メルクリンがいった。「ぼくたちもそうだから」

「いいや、そうじゃない。大きな爆発《ばくはつ》からだ」ウルバン・ラーションはそういうと、庭へついてくるよう、ふたりをさそった。

外はすでに暗くなりかけていた。
ウルバン・ラーションは、家の中から持ってきた大きなロケット花火を地面につきさすと、マッチをすった。
「いいかね、見ててごらん。こんなふうにして、何十億《おく》年もむかし、太陽と宇宙と時間というものが作られたのだ。はじめは、なにもなかった……。そして……」

導火線に火がついた。と思うや、ロケット花火はものすごい音をたててとびだし、木よりも高くとんでいった。そして空のかなたで爆発《ばくはつ》し、ヒマワリみたいな花をちらした。

「わあ！」メルクリンは声をあげた。

「フン！」とトゥルビン。

「ふむ、爆発《ばくはつ》としては小さかったな。だがいつか本物の大爆発《ばくはつ》を起こせる、とわたしは思っとる。たぶん、その瞬間《しゅんかん》を、わたしがこの手で作れると。なあ、考えてみてくれ。〈ラーションの時間〉が生まれる瞬間《しゅんかん》を！」ウルバン・ラーションはそういうと立ちあがり、両手を腰《こし》にあてて胸《むね》をはった。

その自信満々の態度に、トゥルビンはますますきげんが悪くなった。

「それで、その爆発《ばくはつ》というのは、どれくらい大きいんですかね？　砂漠《さばく》とくらべて」

「砂漠《さばく》？」ウルバン・ラーションは、不思議そうな顔をした。

「そう、砂漠《さばく》全体。明日、ぼくたちは砂漠《さばく》へでかけるんでね」

「ぼくたち？」とメルクリン。

「ああ、ぼくたちだ」

「それは大変だ」ウルバン・ラーションは、心底おどろいたようだ。「だが、そんなに危険な長旅ではないんだろ?」

「もちろん、危険な長旅にきまってるさ。命にかかわる冒険《ぼうけん》旅行だ」トゥルビンは、得意そうにこたえた。

「こわくはないのかね?」

「こわいわけがない」トゥルビンはそこで話をきりあげると、ウルバン・ラーションに別れをつげた。

ウルバン・ラーションはふたりの手をにぎり、「きみたちが行ってしまうのは残念だ」といった。「せっかく親しくなれたばかりなのに……」

家へむかって歩きだすと、トゥルビンはうれしてたまらなくなった。

「ウルバンのやつ、ショックでだまっちまったな」

けれども、砂漠《さばく》の旅がどれくらい危険かを考えはじめると、きゅうにふきげんになった。

「すべては、きみのせいだ」トゥルビンはメルクリンにいった。

「ぼくの？」

「ああ。ぼくがきみに、いかにすべてがたいくつかを証明する必要がなければ、時計屋へ行くことはなかった。そうすれば、ぼくは〈ラーションの時間〉とやらで、腹をたてることもなかった。ということは、ぼくたちは旅にでる必要もなかったということじゃないか」

「だったら、旅にでなければいいじゃない？」

「メルクリン、まったくなにをならってきたんだ？　自分のいったことを守らないなんて、いいわけないだろう。さあ、いそいで帰ろう。旅にでるまえに、やることがたくさんあるぞ」

4

トゥルビンとメルクリンは荷物を入れたりだしたりして、ようやくしたくをととのえ、ついに出発する

長い冒険《ぼうけん》旅行にでるならば、考えなければならないことはたくさんある。

トゥルビンは、めいっぱい考えた。居間《いま》のひじかけ椅子《いす》にすわり、人さし指をおでこにあてて。

「ふーむ」

「つぎはなに?」とメルクリン。

「ばんそうこう。よし、とってこい」トゥルビンはいった。

メルクリンは走っていっては、旅に持っていくといいものを、つぎつぎととってきた。息があがる。

床にはもう、いくつも山ができていた。地図、なべ、缶《かん》きり、コンパス、パンツ、ソーセージ——トゥルビンがちょっと思いついたものだけでも、こんなにあった。

荷物のことに夢中になっていたので、トゥルビンは天気予報を聞くのをわすれてしまった。

メルクリンは、ばんそうこうを持ってもどってくると、つぶやいた。

「クリスマスのかいばおけ」

「それがどうした？」

「持っていかないの？」

「いいかい、メルクリン。すべてのものを旅に持っていくわけ

にはいかないんだ。さてと、もう寝《ね》るとしよう。明日は明日だ。どんな天気になるか、見当もつかない」

その夜は、ふたりとも歯をみがかなかった。歯みがき粉が荷物の山にうもれてしまったからだ。トゥルビンが声にだして読む本もなかった。砂漠《さばく》についての本もみんな、山の中だ。

かわりに、ふたりは居間《いま》にクリスマスの馬小屋の模型《もけい》をならべた。神の子イエスはまだ生まれていないから、机《つくえ》のひきだしにしまったままだが、ヨゼフとマリアは馬小屋へむかっているとちゅうということにした。

つまり、さっきまでは玄関《げんかん》においていた人形を、メルクリンは居間《いま》へ移したのだ。ヨゼフとマリアがお産におくれないで、ちゃんと馬小屋のかいばおけを見つけられるように。

トゥルビンは、イエスさまが生まれたおいわいにやってくる三博士と羊《ひつじ》たちを、クローゼットからとりだすと廊下《ろうか》においた。三博士はそれぞれラクダにのって、廊下《ろうか》という長い道のりを進んでくるところだ。

「ぼくたちが留守のあいだ、三博士はどうやってイエスさまのところへたどりつけるの？」メルクリンが聞くと、トゥルビンは鼻をフンと鳴らした。

「馬小屋の上にまたたく星をたよりに、ちゃんとたどりつけるのさ。まえに話したろ？ おぼえていないのかい？ まあいい、もう寝《ね》なさい。いますぐベッドにとびこむんだ！」

すると、メルクリンは自分の部屋までぴょんぴょんはねていって、ほいとベッドにとびこんだ。

よこになると、メルクリンは明日からの旅には持っていけないものを、あれこれ思いうかべた。

庭のベリーのしげみ、花がさくといい香りのする小さな木、トイレ小屋のうらにかくれているカタツムリ、ミミズ、台所の調理用ストーブ、旗をあげるポールのてっぺんについている玉。

考えるだけで、メルクリンはもうこの家が恋《こい》しくてたまらなくなった。いまはまだ、自分のベッドに寝《ね》ているのというのに。

そこで、なぐさめの歌をうたった。

ああ　なつかしの　ぼくの家
水音　楽しい　川の流れ
心あらわれる　美しいトイレ
はてしなくひろがる　青い空

カタツムリ　調理用ストーブ　ほかにもいろいろ
ぼくは　きみたちを　けっしてわすれない

メルクリンはねむりにおちると、夢を見た。ラクダと、きらきら光るクリスマスの星と、たくさんの砂《すな》にかこまれている夢を――。

つぎの日、メルクリンが目をさますと、トゥルビンはシャツのそでをまくって待っていた。

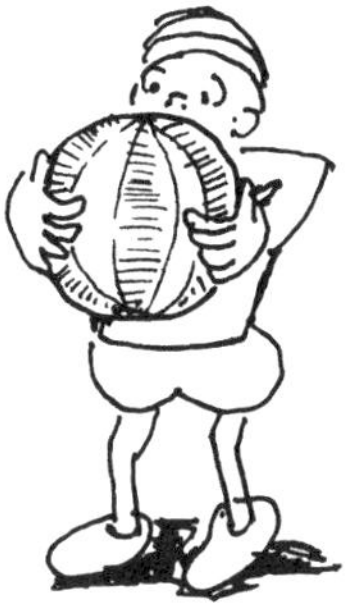

ふたりはさっそく、旅に必要と思うものを庭にはこびだし、カバンやふくろやスーツケースにつめこんだ。古いビーチボールを見つけたメルクリンは、それも持っていこうとした。でも、もうスペースがなかった。ト

ウルビンが、ちょうど花瓶《かびん》を入れてしまったのだ。

「靴《くつ》ブラシはどうした？　もう入れたかい？」

「おぼえてないや」メルクリンがこたえると、トゥルビンはため息をついた。

「じゃあ、ぜんぶだして調べないと」

そして、そのとおりにした。靴《くつ》ブラシは入っていた。

「よかった！」トゥルビンはさけんだ。「あとは、もう一度つめこむだけだ」

つめおわると、庭は荷物だらけになった。

トゥルビンは満足そうに顔をかがやかせ、「これでよし」といって、両手をこすりあわせた。「ひと息いれて、それからでかけよう」

「ひとつ、聞いてもいい？」メルクリンがいった。

「なんだい？」

「これぜんぶ、どうやって持っていくの？」

トゥルビンは荷物をぜんぶ、メルクリンの肩《かた》にのせようとしたが、うまくいかなかった。

トゥルビンは三回くやしそうにうなると、「持っていくのは、カバンひとつずつにしよう」といった。「荷物は、ぼくがつめなおす。そのほうが、きちんとできるからな。きみは、あそんできていいぞ」

けれども、メルクリンはあそんだりしなかった。家のまわりを歩いて、愛《あい》するものたちにあいさつしてまわった。

アリ塚《づか》のアリたちに「さよなら」をいい、大きな松《まつ》の木にいるリスたちに「じゃあね」と声をかけた。ベリーのしげみに手をふると、家の中にもどって、ヨゼフとマリアをかいばおけのそばに動かした。イエスさまをひきだしからとりだして、ポケットに入れた。ひきだしの中にひとりのこしていくのは、かわいそうだと思ったのだ。

それから、もう一度外へでて、トイレ小屋のうらへ行った。

トゥルビンがさがしにきたとき、メルクリンは地面にひざをついて、地面をはっているミミズとイラクサの中でじっとしているカタツムリに話しかけていた。

「さようなら、かわいいミミズたち。さようなら、小さなカタツムリ。きみたちと友だちになれて、楽しかったよ」

「ほう、メルクリン、ここにいたのかい？」トゥルビンは、うれしそうに話しかけた。「ぼくはもう、旅の準備でくたくただというのに、きみはこんなところにかくれていたなんて。もしかして、本当は旅にでたくないんじゃないのかい？　それなら、ウルバン・ラーションには、なにかいい理由を考えよう。きみが鼻風邪《はなかぜ》をひいたとかね」

「そんなことないよ。さあ、行こう」メルクリンはいった。トゥルビンがひろい世界へ行きたがっていることは、よくわかっていたし、メルクリン自身、パパにとても会いたかった。

「けどなあ、これから遭遇《そうぐう》する困難を考えてみろ。靴《くつ》ずれ、アリ、クモ、砂嵐《すなあらし》。無事に帰ってこられるかどうかもわからない。ああ、冒険《ぼうけん》なんてやめてしまおう。きみのためにも」トゥルビンは、メルクリンが「うん、やめよう」というのを、期待しているみたいだった。

ところがそこへ、ウルバン・ラーションがやってきた。

「おお、きみたち。まだいたかね。もうでかけてしまったかと思った。もしかして、気が変わったのかね？」

「そ、そんなことは……」トゥルビンはこたえた。「いま、出発しようとしていたところですよ」

「そうか、まにあってよかった。きみたちに、ちゃんとさようならをいいたくてね」

「では、どうぞ」

「さようなら」

「さようなら」メルクリンもいった。

「そう、それで、せんべつの品を持ってきたんだよ」ウルバン・ラーションはいった。

トゥルビンとメルクリンはすぐに、せんべつの品がなにかをあてるのに夢中になった。

ふたりは自分たちがほしいと思っているものを、つぎつぎとあげた。たとえば、カフスボタン、チョコレート、サスペンダー。あるいは、バレリーナがくるくるおどる置時計。あるいは、鼻もしっぽもついている本物の犬。

けれども、せんべつの品というのは、そうしたものではなかった。水の入ったガラスびんと箱《はこ》に入ったマッチだった。

「ありがたく、いただきますよ」トゥルビンはがっかりしながらも、お礼をいった。「本当にすばらしいプレゼントだ。なあ、メルクリン?」

「うん」

「火と水は、旅のとちゅうでかならず役にたつ。気をつけてな。おとうさんが見つかることを、心から祈っておるぞ」ウルバン・ラーションはそういうと、家のまえまでふたりについてきた。

トゥルビンは、ふたつのカバンと水

の入ったガラスびんとマッチ箱《ばこ》を青いベビーカー
にのせた。ベビーカーはずっとまえから、たきぎ
小屋にあったものだ。
メルクリンは、イエスさまとカタツムリをこっ
そりベビーカーに入れた。
いよいよ、出発だ。
ウルバン・ラーションはハンカチをふっている。
トゥルビンはウルバン・ラーションから見える
ところまでは、自分でベビーカーをおしていった。
そうしないと、かっこ悪いと思ったからだ。
でも、そのあとはメルクリンにおさせた。水の
入ったびんがのっているかぎり、ベビーカーをお

したくなかった。

「フン、水だと！　ただの水が入ったびんだと！　まったくなんというプレゼントだ。ありがたい、ありがたい」

「ぼくも、そう思う。ありがたい、ありがたい」メルクリンもくりかえした。

はじめはのぼり坂がつづき、それからくだり坂になった。

トゥルビンはベビーカーのカバンの上にのり、歓声《かんせい》をあげた。

「やっほー！　いよいよ、はてしない大冒険《だいぼうけん》がはじまるぞ！」

5 トゥルビンとメルクリンは東へむかい、トゥルビンは石をまくらにねむる

トゥルビンとメルクリンは、森の中を歩いていった。鳥のさえずる声や、風が木のあいだをふきぬける音が聞こえる。

「旅の友よ、感じるかい？」トゥルビンはメルクリンに話しかけると足をとめ、大きく深呼吸《しんこきゅう》した。「ふーっ！」

「感じるってなにを？」メルクリンはききかえした。

「心おどるじゃないか！」トゥルビンは声を大きくした。「鼻に、新しいにおいを感じる。耳には、この新しい音。ピピピ、ピピピってね。家にいるのとは大ちがいだ！」

トゥルビンは、じょうきげんだった。

メルクリンもだ。トゥルビンがうれしいのが、うれしいのだ。しかも、ふたりはパパをさがしに行くところなのだから。

「ぼくたちがきたら、びっくりするね？」メルクリンはいった。

「びっくりって、だれが？」

「パパだよ。きまってるじゃない？　パパは砂漠《さばく》を歩いている。そこに、ぼくたちが顔をだす。ぱっ、ぱっと、ふたり同時に。ひとりはつばのない帽子《ぼうし》をかぶっていて、もうひとりはつばのある帽子《ぼうし》をかぶっている。そのとき、パパはなんていうと思う？」

「うっ！」トゥルビンがうめいた。

「どうして？　パパはそんなふうにはいわないよ」

「パパじゃない、ぼくがいったんだ。これを見ろ」トゥルビンはそういうと、片方の腕《うで》をさしだした。

蚊《か》が血をすっている。蚊《か》のおしりはどんどんふくらんで、赤くなっていく。

「たたけ！」トゥルビンがどなった。

メルクリンは、いわれたとおりにした。

「いたっ！　そんなにつよくたたくやつがあるか？　おまけに逃《に》がしたじゃないか！　どれだけたくさん血をすわれたか、見ただろ？　これじゃ、貧血《ひんけつ》になってしまう。なにか食べないと」トゥルビンは地面に腰《こし》をおろすと、木の幹《みき》によりかかり、持ってきたサンドイッチをぱくぱく食べはじめた。

食べおわると口のまわりをふき、心配そうにメルクリンをながめた。

「旅の友よ、きみはなにを食べるんだい？」

「知らない」

「じゃあ、凍《こお》ったブルーベリーを帽子《ぼうし》につんで、それを食べなさい。おなかがゆるいなら効くよ」

「ぼく、おなか、ゆるくないよ」

「それは、よかった。とにかく、いまはそんなにひどい状況《じょうきょう》ではないんだ。お日さまがかがやいている。見てごらん。もっと早く気がつけばよかった。さてと、すこし休もう」トゥルビンは目をとじた。

そこで、メルクリンはベビーカーへ行き、カタツムリをとりだした。おなかいっぱい食べられるように、葉の上にのせてやる。

「カタツムリは枯《か》れ葉《は》も食べるよね?」メルクリンがたずねると、トゥルビンはもごもごとこたえた。

「なんでも食べる……。ステーキ、ミートボール、魚のフライ。

ほかにも知りたいことがあれば、なんでもきいてごらん」

「ぼくたち、いつつくの？　いつパパを見つけられるの？」

「疲《つか》れたのかい？」

「ううん。ただ知りたかっただけ」

「なかなか、むずかしい質問だ……。とにかく東へ行こう。『さばく』と『ひがし』は、どちらも三文字だ。ぼくを信じろ。きっとうまくいく。おいで。すこしのあいだ、ぼくのひざにすわっていいぞ」

メルクリンはカタツムリをベビーカーにもどすと、トゥルビンのいうとおりにした。

しばらく休んでから、ふたりはまた歩きだした。

トゥルビンは、あき部屋にあったコンパスを持ってきていた。なぜコンパスで方角がわかるのかはわからなかったが、それはだまっていた。

「東はこっちだ」トゥルビンはゆびさすと、メルクリンにいった。「肩《かた》にのるかい？」

「うん」もちろん、メルクリンはのることにした。

でも、それもほんのすこしのあいだだった。すぐにトゥルビンの足が痛《いた》くなってしまったのだ。

ふたりは歩きつづけた。世界がこんなにひろくて森ばかりとは、メルクリンは思ってもみなかった。

やがて夜になり、あたりは暗くなった。

木の上の鳥たちは一羽《わ》、また一羽《わ》とさえずるのをやめた。

地面におちる影《かげ》はどんどん細く、長くなって

いく。背《せ》が低くて太っているメルクリンの影《かげ》までも。

「ぼくたち、道にまよったの？」メルクリンがたずねると、トゥルビンはコンパスを見た。

「まさか。こわいのかい？」

「うん、すこし」

「こわがらなくていいさ。さあ、野営《やえい》のための火をおこそう。寝《ね》るまえに話を聞かせてやるよ」

ふたりは火をおこすと、トゥルビンがあつめてきたトウヒの枝の上に寝《ね》ころんだ。

トゥルビンは、自分のまくらをカバンに入れて持ってきていた。

「メルクリン、まくらを持ってきていないとはね」

「荷物をつめたのはトゥルビンだよ」

「ぼくといっしょで本当によかったぞ。このまくらを、きみに貸そう。ほら、どうだい？　いいだろ？　ぼくは石をまくらにする」トゥルビンはそういうと、コートをひろげ、メルクリンにもかけてやった。

それからメルクリンの帽子《ぼうし》を、自分の帽子《ぼうし》をかけたとなりの枝にひっかけた。夜のあいだ、帽子《ぼうし》同士もいっしょにいられるように。

そして、ラクダの話をはじめた。なかよしの二頭のラクダが、いっしょに砂漠《さばく》を旅する話だ。

メルクリンはトゥルビンの話を聞きながら、イエスさまをポケットに、カタツムリをコートの下に入れ、安心しきってねむりについた。

つぎの朝、目をさますと、カタツムリがいなくなっていた。

トゥルビンは、きげんが悪かった。石をまくらにしたせいで首が痛《いた》かったのと、メルクリンが朝食をぜんぶひとりで食べてしまった夢を見たからだ。ベーコンも、目玉焼きも、ぷりぷりのミニ・ソーセージも、ジャガイモも、トーストも。

「ぜんぶひとりで！」トゥルビンは、顔をまっ赤にしてさけんだ。「ぼくのまくらを借りただけではあきたらず。きみは自己中心的すぎる！　自分でもそう思うだろ？」

「思わないよ。ぼくは、ねむってたんだ。トゥルビンが夢を見ただけだよ」

「夢の中でも油断《ゆだん》できないな。反省したまえ。こぼれたパンくずまで、きみはたいらげたんだぞ」トゥルビンはそういうと、ふたつのカバンをあけた。

トゥルビンのパジャマや靴《くつ》ブラシ、そのほかいろんなものが入っている。けれども、ソーセージや目玉焼きは見あたらなかった。

「ほら、ないじゃないか！」

そこで、メルクリンは説明した。

昨日、蚊《か》に刺《さ》されたとき、貧血《ひんけつ》が起きたといって、持ってきた食べものをぜんぶ食べてしまったのはトゥルビンだと。

「……そうか。そうだったな。いいあらそうことでもなかった。なにはともあれ、ぼくはきみが好きだよ。たとえ大食いで、ものごとを深《ふか》く考えられなくても。とにかく、ぼくは、ものすごくおなかがすいているんだ。食欲《しょくよく》がなくなるような、気持ちの悪い歌をうたってくれよ」

そこで、メルクリンはうたいだした。

だれが　食べたいというのでしょう？
牛糞《ぎゅうふん》入りのパンケーキ
鼻くそ　よだれも　入っています

かわいいカタツムリ　もどっておいで
ぼくは　きみが　大好きなんだ

だれが　食べたいというのでしょう？
ペスト風味《ふうみ》のヘビフライ
くさった　ニシンも　入っています
かわいいカタツムリ　もどっておいで
ぼくは　きみが　大好きなんだ

うたのとちゅうで、トゥルビンがさえぎった。

「もういい、やめてくれ。そのかわいいカタツムリとやらで、ぼくはすっかり食欲《しょくよく》をなくした。これでよし！　さあ、でかけよう」

「でも、どっちへ？　ぼく、森の中ばかりはいやだよ」

「ぼくもだ。木ばかりだものな。しげみもあきた。なにかほかのものがないか、見てみよう。高いところにのぼったほうがよく見える」

そこで、メルクリンは岩にのぼった。

「どうだい、なにが見えるかい？」トゥルビンが声をかけた。

「トゥルビンが見える」

「じゃあ、もっと高いところにのぼらないとだめだな」

そこで、メルクリンはトウヒの木の

てっぺんによじのぼった。雲にもとどきそうなほど高い。こずえがゆれると、メルクリンはおなかのあたりがきゅんとなった。

「こんどは、なにか見えたかい？」トゥルビンが下からまた声をかけた。

「おりてからこたえるよ」

「じゃあ、すぐおりてこい」

6 メルクリンがレセプション氏とおしゃべりをし、トゥルビンは手紙を書いて、紙飛行機にしてとばす

メルクリンが木からおりてくると、トゥルビンは興味津々《きょうみしんしん》の顔でたずねた。

「なあ、なにが見えたんだい？」

メルクリンの帽子《ぼうし》には、細い葉がいっぱいついている。

「この世界、ぜんぶ。トゥルビンも見ればよかったのに！」

「ということは、木だけではなかったんだな？」

「うん。家や塔《とう》や車やいろんなものが見えた」

「じゃあ、家のある方へ行ってみよう。そこなら、きっと食べものが見つかる。お金なら、たくさんあるんだ。革《かわ》のコートに入っていた財布《さいふ》を持ってきたからね。で、家

はどっちに見えたんだい？」

「あっち」メルクリンはゆびさした。

ふたりは、あっちの方へ歩きだした。

到着するのに、まる一日かかった。たくさん家がたっていたから、トゥルビンとメルクリンにも、ここは町なんだとわかった。

ふたりとも、さっきからおなかがすいていたから、いまはもっとすいていた。とくに、ゆでたてのソーセージのいいにおいをかぐと、たまらなくなった。

ふたりは、においのする方へ歩いていった。

においは、小さな小屋からただよっていた。屋根に、パンとソーセージの模型《もけい》がかざられている。ソーセージには、電気で光る黄色いマスタードと赤いケチャップがついている。

小屋の中には、白い服を着て、頭に白い帽子《ぼうし》をちょこんとのせた女の人が立っていた。「なににします？」女の人は、トゥルビンとメルクリンに声をかけた。

「ソーセージ、あるの？」とメルクリン。

「もちろんよ。いくつほしいの？」と女の人。

「五つだ」トゥルビンがこたえた。「ふたつを、ぼくのだいじな旅の友に、三つを、ぼくに」

トゥルビンとメルクリンはそれぞれ、パンにはさまったソーセージをうけとった。

トゥルビンは女の人にお金をはらうと、「ちゃんとしたベッドでねむれるところを知りませんか？」とたずねた。

「ああ、ホテルのことね」女の人はそういうと、ホテルへの行き方を教えてくれた。


パンにはさまったソーセージをふたつ食べると、メルクリンはさっきよりもずっと気分がよくなった。とはいっても、カタツムリのことは心配だった。でも、カタツムリは町へきたところで、きっと居心地《いごこち》がよくなかっただろう。

トゥルビンとメルクリンには、町はとても居心地《いごこち》がよかった。

「ゆでたてのソーセージが買える、とくべつな小屋があるなんて、すばらしいじゃないか！」トゥルビンはいった。「うちの古びたトイレ小屋とは大ちがいだ！」

「うん、ほんとに。でも、ホッテルっていったいなんなの？」

メルクリンには、「ホテル」が「掘《ほ》ってる」に聞こえたのだ。

「知らないのかい？　ま、それは自分の目でたしかめればいい」じつは、トゥルビンもホテルがなにか知らないのだった。

数分後、ホテルが見えてきた。『スヴェア・ホテル』と、大きな文字で入口の上に書いてある。

中に入ると、カウンターのむこうに、制服を着た男の人が立っていた。

男の人は親しげにほほえむと、「部屋をおさがしですか？」と、ふたりに話しかけた。

「ああ、そうなんだ」トゥルビンはこた

えた。「ベッドがふたつある部屋をひとつ」

ふたりは、さっそく部屋にとおされた。カバンを自分たちではこぶ必要もなかった。

「わあ、すごーい！」メルクリンは大声をあげた。「このベッド、ふかふかだよ。なんて気持ちがいいんだ。わーい、わーい！」

そして靴《くつ》と靴下《くつした》をぬぐと、ベッドの上でおどったり、とびはねたりした。
部屋には、すてきなものがいろいろあった。メルクリンは、自分の目が信じられなかった。壁《かべ》の美しい絵。ベッドの両わきの小さなテーブル。そのひとつに、機械のようなものがおいてある。

「これはなに?」メルクリンが聞くと、トゥルビンはうわずった声でいった。

「電話だ。話ができるのさ。ボタンをおして声がしたら、あとはしゃべればいいんだ」

メルクリンはためしに、「9」のボタンをおしてみた。

「もしもし……」

「こんばんは、レセプションでございます」

声はこたえた。

「メルクリンだよ。おやすみ」

「おやすみさないませ」

「おやすみ、おやすみ」

「ほかにご用は?」

「うーん……」

「では、おやすみなさいませ」レセプションと名のった男の声はいった。

メルクリンは、うれしくてたまらなくなった。

「なんて、ていねいな人なんだ。もう一度やってみよう！」メルクリンはもう一度「9」をおして、「おやすみ」といった。

トゥルビンもおなじことをして、「おやすみ」といった。

しだいに電話の声は、ていねいではなくなってきた。

「わたしが『おやすみ』をいうのは、これがさいごでございます。『どうぞ、ゆっくりおやすみなさいませ！』」

メルクリンは、もう電話をかけるのはやめた。かわりに、部屋の中をうろついた。

すると、もうひとつ、小さな部屋を見つけた。タイルでおおわれた壁《かべ》、洗面《せんめん》台、シャワー。シャワーの形は、電話の受話器によく似ている。

そして、水の流れるトイレ！　メルクリンは、こんなトイレを見たのははじめてだった。うしろのタンクに小さなレバーがついていて、ひっぱれるようになっている。

ひっぱってみた。

シュワッ、シャーーー！　プクプクプク。

なつかしい家のうらにある、あの川と似た音がする。

「ああ、川の音だ」メルクリンはつぶやくと、もう一度レバーをひっぱった。

それから何度も何度もひっぱって、トイレに水を

流しつづけた。

メルクリンはトイレの水音を聞きながら、ぼくはほんとうにあの川が好きなんだ、としみじみ思った。

そこへ、トゥルビンがやってきた。

「なにしてるんだい？」

「家のことを思いだしていたの」

「冒険《ぼうけん》の旅が楽しいとは思わないのかい?」

「楽しいよ。それでも、ぼくは家が恋《こい》しいの」メルクリンはいった。


ふかふかのベッドによこになると、トゥルビンはメルクリンのさみしさをまぎらわすために、パパのことをしずかに話しはじめた。

「パパはね……」

「うん、いま、パパがどんなか、考えてたんだ」

「パパは、たぶん、ぼくに似ているな。ぼくみたいに背《せ》が高くて、かっこよくて、はずかしくない鼻をしている」

「ぼくの鼻だって、はずかしくないよ。目は、ぼくの目だ。ぼくみたいな帽子《ぼうし》をかぶっていて……」

「帽子《ぼうし》は、飛行士用の革《かわ》の帽子《ぼうし》にきまっているじゃないか」トゥルビンが鼻をフンと鳴らすと、メルクリンはいった。

「日曜日には、ということだよ」

「ああ、たぶんな。ぼくみたいな、つばのある帽子《ぼうし》を持っていなければね」

それから、ふたりはおしだまり、パパの風貌《ふうぼう》について考えた。

「明日も、またパパをさがしつづけるぞ。ついてこられるかい？」トゥルビンはたしかめるように、メルクリンにいった。

「うん、だいじょうぶ」

「もう砂漠《さばく》の近くまできているはずなんだ。だから、すぐに見つけられる。ぼくたちが住む、もっといい家も。もっといい川も。なあ、メルクリン。パパの耳は、きっときみの耳だよ」

「だけど、どうやってパパを見つけるの？」

「それは夜のうちに、考えておくよ」トゥルビンはいった。

ふたりは、ベッドのわきの明かりを消した。

メルクリンは起きだしていって、今日のしめくくりに、もう一度トイレの水を流そうかと考えた。でも、からだを起こすまえに、すーっとねむりにおちていた。

つぎの朝、メルクリンは目をさますと、レセプション氏に電話をかけた。

「おはようございます」レセプション氏はいった。今朝は明るく、きげんのいい声だ。

「おはよう。よくねむれた？」メルクリンは話しかけた。

「はい、お客さまは？」

「王子さまみたいに、すやすやぐっすり」

「それは、ようございました。お客さまの朝食は、ダイニングルームにご用意いたしております」

「わーい、ありがとう。とってもとっても、ありがとう」メルクリンはそういって受話器をおくと、トゥルビンを起こした。「レセプション氏が、ぼくたちを朝食に招待してくれたよ！」

それは、本当にすばらしい朝食だった。オートミール、卵、チーズ、パン、ニシン、ヨーグルト。

メルクリンは、おなかが破裂《はれつ》しそうになるまで食べた。さらに、もうすこし食べた。

「ああ、いよいよ爆発《ばくはつ》しそう」メルクリンはいった。

「なにが？」

「おなかだよ。いよいよ、きそうな感じ」メルクリンは、おなかをつきだした。

トゥルビンは腰《こし》をかがめて、のぞきこんだ。

「ああ、たしかに」

といっても、もそもそ動いているのは、メルクリンのおなかではなく、ポケットだった。

カタツムリだ。カタツムリがポケットにかくれていたのだ。きっと、カタツムリもおなかがすいているのだろう。

外にだしてやると、角のさきに、ポケットのわたぼこりがからまっていた。どう見ても、旅を楽しんでいるふうではない。

「かわいそうに」メルクリンはつぶやいた。「どうしたらいい？」

そのとき、やしの木の大きな植木ばちが目にとまった。

ふたりはやしの木の根もとに、テーブルにあったサラダを山もり、それにチーズのかけらをのせて、そこにカタツムリをおいた。これで安心だ。

「きみは、今日からホッテルで暮《く》らせばいい。のんびりとね！」メルクリンはカタツムリに話しかけた。

「さてと、時間をむだにしている場合じゃないぞ。どうやってパパを見つけたらいいか、いいことを思いついたんだ」トゥルビンはメルクリンにいった。

部屋にもどるとさっそく、トゥルビンは机《つくえ》にあった便箋《びんせん》で手紙を書いた。

パパへ
合図をください
心をこめて　あなたの息子《むすこ》トゥルビン&メルクリンより

そして、その手紙で紙飛行機を折り、窓をあけてとばした。

紙飛行機は風にまいあがり、家々の屋根をこえてとんでいった。

「パパが見てくれるといいね」

メルクリンがつぶやくと、トゥルビンは満足そうに、にやりとほほえんだ。

「ぜったいに見るさ、飛行士なんだから」

トゥルビンは、自分のしたことに満足していた。ほとんどいつも、自分のしたことには満足するのだ。

7 トゥルビンとメルクリンは砂漠《さばく》にたどりつき、砂《すな》の中に暗号《あんごう》を見つける

トゥルビンとメルクリンはレセプション氏のところへ行くと、朝食のお礼をいい、出発のあいさつをした。

レセプション氏は満面《まんめん》の笑《え》みをうかべて、いった。

「四百クローナになります」

「まさか！」トゥルビンは声をあげた。

「まさかじゃございませんよ」

「まさかさ！」トゥルビンはいいきった。「ふかふかのベッドで寝《ね》かせてもらい、すばらしい朝食をごちそうになったあげく、四百クローナまでいただけるわけがないじ

ゃないか。かわりに、ぼくたちの金をとってくれたまえ。ほら、これ。さあ！」

トゥルビンが財布をさしだすと、レセプション氏は百クローナ札を四枚《まい》ぬいた。

「ありがとうございました。ほんとうに、ゆかいな方たちでございますな！」

「こちらこそ、どうもありがとう」メルクリンもいった。

「さあ、もう行こう」トゥルビンがメルクリンをうながすと、レセプション氏がたずねた。

「どちらまで行かれるのか、おたずねしてもよろしいですか？」

「よろしいよ」とトゥルビン。

「では、どちらまで？」

「パパのところだよ」メルクリンがこたえた。

トゥルビンはこの近くに砂《すな》のある場所があるかどうか、レセプション氏にたずねた。

「ああ、それでしたら、町をぬけたら、大きな道を右へお行きなさい」

トゥルビンはもう一度お礼をいい、「さよなら」といった。

「さよなら」メルクリンもいった。

「さよなら、さよなら」レセプション氏はくりかえすと、さいごに親しみをこめて、にっこりとほほえんだ。

そのほほえみはいつまでも、壁《かべ》にならんだルームキーのまえにうかんでいた。


トゥルビンとメルクリンは大きな道を歩いていった。

ときどき、口笛《くちぶえ》をふいた。ときどき、歌をうたった。そしてときどき、大きなトラックがわきをとおりすぎていった。そんなとき、ふたりはふきとばされて、溝《みぞ》におちそうになった。

「まだなの?」メルクリンがたずねた。

「うん、もうすこしだ。ほら、あそこ」トゥルビンがそういって、ゆびさしたのは、

『砂採《すなと》り場《ば》』と書いてある標識《ひょうしき》だった。

標識《ひょうしき》にしたがって歩いていくと、じきに砂漠《さばく》にたどりついた。ほんとうに、あたりいちめん砂《すな》だらけだ。

ふたりは砂《すな》の中を歩きまわった。はじめは、さっさとかるい足どりで。でも、すぐに疲《つか》れてしまった。砂《すな》の中を歩くと、足がおもたくなるのだ。

それに、ラクダもガイコツも飛行機の破片《はへん》も見つからなかった。

「どうするの？」とメルクリン。

「あそぼう。そうすれば気分がよくなるさ」トゥルビンはいった。

「うん、そうしよう」

ふたりはさっそく、砂《すな》の上ででんぐりがえしをしてみた。砂《すな》に寝《ね》ころんで、両手と両足で砂《すな》をかいて天使を作った。砂《すな》で、〈何人、妻を持てるか?〉をうらなった。片手《かたて》で砂《すな》をにぎり、宙に投げあげる。「おとなになったら、何人、妻を持てるでしょう?」といいながら、まいおちてくる砂《すな》を手の甲《こう》でうける。手の甲《こう》にのこった砂《すな》の数が将来、持てる妻の数というわけだ。

「よし、かぞえてみよう」トゥルビンは声をはずませた。

メルクリンの甲《こう》には、二十七粒《つぶ》の砂《すな》がのこっていた。

トゥルビンは、ひと粒《つぶ》だけ。

「ぼくのをぜんぶ、トゥルビンにあげるよ！　妻なんかより、ぼくは犬のほうがいいや。一匹《ぴき》でいいから」とメルクリン。

「きみの妻なんて、いらないさ。ぼくは、ぼくのぶんだけでじゅうぶん」トゥルビンはきっぱりいうと、ウルバン・ラーションからせんべつにもらった水で手をあらった。

「なるほど、この水も役にたったな。さてと、つぎは〈ヨンにつづけ〉をやろうか？ぼくがヨンだ」トゥルビンはそういうと片足《かたあし》ではねたり、両腕《りょううで》をばたつかせたりしはじめた。「ぼくとおなじことをするんだ。さあ、メルクリン！」

けれども、メルクリンはもうあそぶ気はしなかった。とても疲《つか》れていて、のどがかわき、おなかがすいていることに、とつぜん気がついてしまったのだ。

なにしろ、飲まず食わずで、一日じゅう歩きとおしだったし、パパも見つかりそうになかった。

「もう、だめ」メルクリンがつぶやくと、トゥルビンはほんのすこしのこっていた水をメルクリンに飲ませた。

「すこしは気分がよくなったかい？」

「ううん」メルクリンは、力のない声でこたえた。

「家とトイレ小屋とたきぎ小屋から、はなれるんじゃなかった……」

とうとう、メルクリンは声をあげて泣《な》きだした。

すると、トゥルビンはもっとはげしく泣《な》いた。

「ぼくのせいだ。すべて、ぼくの……。旅にでたいといいだしたのは、ぼくだ。ぼくは、自分のことしか考えていなかった。自分の楽しみしか……。きみは小さい。きっと、おなかがすいて、のどがかわいて、もうじき死んでしまうだろう。そうしたら、ぼくはこの世

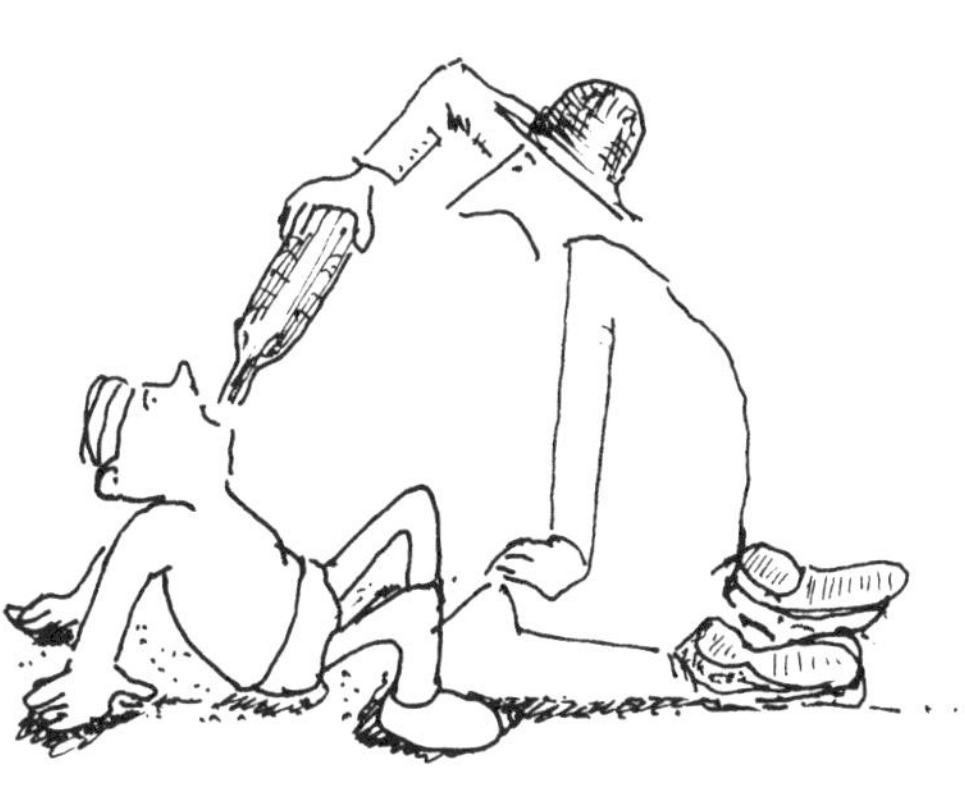

に、ひとりぼっちになってしまう。パパもいない。弟もいない。友だちもいない……。きみが死んだら、どんなに悲しいか……」

トゥルビンの目から、大粒《おおつぶ》の涙《なみだ》があふれた。

「ああ、なんとみじめな。きみが死んだあと、ぼくは、どうやって孤独《こどく》な自分をなぐさめたらいいいんだろう？」トゥルビンは泣《な》きじゃくり、メルクリンをぎゅっとだきしめた。

こんどは、メルクリンがトゥルビンをなぐさめる番だった。

「ぼく、死んだりしないよ。見てて。きっと、さいごはなにもかも、うまくいくから」

「そんなこと、ありえない」

「ありえるよ。さあ、涙《なみだ》をふいて」

「といわれても、ハンカチを持っていない。それに、からだじゅうの水分が涙《なみだ》になってしまって、ものすごい量だ。こんな大量の水、いったいなんでふいたらいいんだろう？」

メルクリンは、ポケットの中のイエスさまをにぎりしめた。こうすると、いつでも気持ちがおちつくのだ。

そのとき、ふと地面におちているものが目にとまった。

紙きれだった。

「これで、ふいたら？」メルクリンは紙きれをひろい、さしだした。

「こんな小さなものでか？」トゥルビンは鼻をフンと鳴らした。

それでも、とにかく紙きれをうけとると、泣《な》くのをやめて、書いてある字を読んだ。

「おおーっ！」トゥルビンは奇妙《きみょう》な声をあげた。

「なにが、『おおーっ』なの？」

「見てみろよ」トゥルビンはメルクリンの目のまえに、紙きれをつきだした。「不思議なことがあるもんだ」

「ぼく、字は読めないよ」メルクリンはいった。

そこで、トゥルビンは声にだして、紙に書いてあることを読みあげた。

「コーヒー、ドーナッツ、モモ、タマゴ、チーズ、イチゴ、エリンギ、ニシン、ココア、イモ、パイナップル、パン。どうだ、わかったかい？」

「ぜんぜん」

「ぼくもだ」

「食べものばかりだね。買いもののメモかな？」

メルクリンは、ますますおなかがすいてきた。

「ああ。しかし、いったいだれが砂漠《さばく》で食料を

買うというんだろう？　砂漠《さばく》に食料品屋なんてない……。そうか！　これは、きっと秘密《ひみつ》の暗号《あんごう》だ。なにか深《ふか》い意味がこめられているんだ！」

「だとしたら、なに？」

「今夜、ぼくはそれを考える」トゥルビンはいった。

その夜、ふたりは砂《すな》の上でねむった。

空には、光をはなつ小さなラクダのような星が、ゆっくりと動いていた。

トゥルビンは帽子《ぼうし》を顔にのせてよこになると、あやしい暗号《あんごう》について考えた。

メルクリンは、トゥルビンのおなかに頭をのせてよこになった。

トゥルビンが息をするたびに、おなかが上下する。

メルクリンは、なにも考えなかった。かわりに夢を見た。飛行機がきらきらと光を反射《はんしゃ》しながら空をとんでいき、星と犬とソーセージと月にぶつかる。空からおちてきた犬のところへ、メルクリンがかけよったちょうどそのとき、トゥルビンが大声をあげた。

「そうか！」トゥルビンはさけぶと、帽子《ぼうし》を顔から持ちあげて大きくふった。

「あーん！　いま、いちばんいいところだったのに」メルクリンは文句をいったが、トゥルビンは得意になってさけびつづけた。

「わかった、わかったぞ！　ぼくは、天才だ！　最初の文字をつなげて読めばいいんだ。コーヒー、ドーナッツ、というふうに」

「どういうこと？」

「『こ・ど・も・た・ち・い・え・に・こ・い・パ・パ』だ。ぼくたちに家へくるよう、パパが書いた暗号《あんごう》さ。ぼくたちが待ちに待っていたメッセージだよ」

「わーい、うれしいな」

「ほんとうに」

「問題は、どの家にこいといっているかということだね？」

「パパの家という意味だろうな」

「それは、どうやって見つけるの？」

「それが問題だ」トゥルビンは、みけんにしわをよせた。

メルクリンは、ポケットの中に手をつっこんだ。指が赤んぼうのイエスさまにふれると、かいばおけの話を思いだした。

イエスさまが馬小屋で生まれた夜、三人の博士たちは夜空にまたたく星をたよりに、かいばおけですやすやねむるイエスさまのもとへやってきた——。

「ぼくたちも、星についていけばいいんじゃない？」メルクリンがいうと、トゥルビンもそのとおりだといった。

問題は、どの星についていくかということだった。夜空の星は何千とある。見ているそばから、星はどんどんふえていく。

「あのいちばん大きなのにしようよ」メルクリンは、月の近くにある星をゆびさした。

「よし、そうしよう」トゥルビンは立ちあがると、ベビーカーからコンパスをとってきた。

ふたりをみちびいてくれる星の方角を、コンパスではかる。明日、太陽がのぼって星が見えなくなっても、どっちへ歩いていけばいいか、ちゃんと知っておくために。

「東南東か……」トゥルビンはつぶやいた。

8

トゥルビンとメルクリンは砂漠《さばく》に蜃気楼《しんきろう》を、空に天使を目撃《もくげき》する

「ハクショーーーン！」

つぎの朝、トゥルビンのくしゃみで、ふたりは目がさめた。メルクリンはこわくなった。でもすぐに、トゥルビンのくしゃみだとわかった。鼻の中に砂《すな》が入ってしまったのだろう。

「おはよう、トゥルビン」メルクリンはいった。

「おはよう、メルクリン」トゥルビンもいった。

ふたりは立ちあがると、ぴょんぴょんはねたり、腕《うで》をば

たばたさせたり、服をひっぱったりして、からだの砂《すな》をはらった。それでもまだ、ちくちくする。

「ああ、おなかすいたよ。お菓子《かし》はどこ？」メルクリンがいった。

「えっ？」

「ゆうべ、自分でいってたじゃないか？　トーナン糖《とう》とかなんとか」

そこで、トゥルビンは説明した。東南東はトーナン糖《とう》ではなく、方角をさすことばだと。北とか南とか西とかいうのとおなじように。ゆうべ、ふたりできめた星のある方角が東南東だと。

「じゃあ、食べられないんだね？」メルクリンは声をおとした。

「食べられないさ。メルクリン、そんなにおなかがすいているのかい？」

「うん」

「じゃあ、ごうせいな朝食を食べるふりをしよう」トゥルビンはいった。

ふたりは砂《すな》の上に腰《こし》をおろすと、さっそく食べているふりをはじめた。

「パンにのせるのは、レバーペーストでいいかな?」とトゥルビン。

「えーっ、ぼくはスクランブルエッグとハムがいい」とメルクリン。

「今日のパンケーキは、とくべつだ」

「うん。シナモンロールもおいしいよ」

ふたりはもぐもぐと口を動かし、ときどき、こんなにおいしいものは食べたことがないというように、「あー」とか「うー」とか、うなり声をあげたりもした。

フルーツサラダ、ミートボール、十種類のチーズ、ソーセージ、ニシン、アイスクリーム。飲みものはミルク、ジュース、生クリームののったココア。

「オートミールも、すこしどうだい?」とトゥルビン。

「いらない。もう、ひと口も入らない」とメルクリン。「おなかいっぱいで、ふう、苦しい」

「ぼくもさ」

ふたりは、自分たちのおなかをたたいた。

パン！

ポン！

それから、ふたりは立ちあがり、東南東をめざして歩きだした。

歩きながら、ふたりは元気がいいふりをした。腕《うで》をふったり、とんだりはねたり、砂《すな》の上をころがったり。

トゥルビンは靴《くつ》に砂《すな》が入ってしまったので、はだしになり、靴《くつ》を首にさげて歩きつづけた。

ところがしばらくすると、メルクリンはさっきからおなじ場所を、ただぐるぐるまわっているだけだということに気がついた。

トゥルビンはコンパスを見て、新しい方角をゆびさした。そして、メルクリンにハイキングの歌をうたってくれとたのんだ。歌があればずっと楽しくなるからだ。

メルクリンはうたいだした。

ふたりで歩くの　楽しいな
砂《すな》は黄色　空は青
あっちへ行ったり　こっちへきたり
歩くの好きなぼくたちは
立ちどまったりしないのさ

手をつないだら　元気になるよ
砂漠《さばく》はひろくて　砂《すな》だらけ
疲《つか》れたときこそ　トゥラララ
とんだり　はねたり　さけんだり
ほら　あそこに松《まつ》の木が！

さいごはうたわなかった。メルクリンは、さけんでいた。

「どうして、さけぶ？」トゥルビンがたずねた。

「だって、本当に松《まつ》の木が見えるもん。オアシスだよ！」

オアシスということばは、砂漠《さばく》の本でおぼえた。旅にでるまえ、毎晩トゥルビンが声にだして読んでくれた本で。

本によれば、砂漠《さばく》の旅のとちゅうで、のどがかわいて死にそうなときは、かならず木と泉のあるオアシスにたどりつくことになっていた。

「ほら、あれ。見えないの?」メルクリンは木をゆびさした。

「あれは本物の木じゃない」

「じゃあ、なに?」

「蜃気楼《しんきろう》」トゥルビンはいいきった。

そして、蜃気楼《しんきろう》というのは、のどがかわいていて疲《つか》れているとき、ありもしないのに、人の目にはあるように見えるものだと説明した。目がさめているのに見える夢のようなものだと。

「大変だ。ぼくたちも、もうかなり疲《つか》れているということじゃないか」

「つまり、あの木は、あそこにないってこと？」

「そうさ。証明しよう」トゥルビンはさっと松《まつ》の木へ近づくと、「消えろ！　うせろ！　おまえなんか存在しない！」とどなりつけた。

それから、メルクリンをふりかえると、いった。

「いいか、力いっぱい、けるぞ。足がみきをすりぬけるからな！」

ところが、足は木の幹《みき》をすりぬけなかった。足は幹《みき》にガンとぶつかり、トゥルビンは悲鳴をあげた。

「あいたっーーー！　くそっ、この蜃気楼《しんきろう》め、からかうんじゃない！」トゥルビンは
もう一度、けろうとした。

「やめなよ。足を折るよ」メルクリンがとめた。

「足なんかどうでもいい。こいつは、とにかく、ただの夢だ！」

「まちがいなく、本物の木だよ」

「ほう、そうか。ここがオアシスだというのなら、すぐに泉も見つかるだろうよ」

「うん。水の流れる音が聞こえるものね」メルクリンはいった。

流れる水の音がどんなか、メルクリンはよく知っているのだ。

トゥルビンはしぶしぶ音のする方へ、メルクリンのあとについていった。

すこし行くと、本当に小川が流れこんでいる小さな湖が見えてきた。きれいな湖だ。

スイレンがさいている。

むこう岸では、二頭《とう》のゾウが水を飲んだり、鼻で水をかけあったりしている。

「見て！」メルクリンは声をあげた。

「あの大きな灰色の動物は、ゾウというんだ」トゥルビンはいった。

「知ってるよ」

「ぼくたちは、ついにアフリカまできてしまったんだな。水の中はあたたかくて、気持ちがよさそうだ。泳いだら、さっぱりするぞ。からだじゅう、砂《すな》だらけだからな。よし、メルクリン、いっしょにこい！」トゥルビンは服をぬぎすてると、いきおいよく走りだした。「びりっけつは、弱虫だ！」

メルクリンも、あとにつづいた。

ふたりは桟橋《さんばし》をかけていき、トゥルビン、メル

クリンの順で、いきおいよく水にとびこんだ。
「おおーっ……」トゥルビンはさけんだ。
「ああーっ……」メルクリンも。
水は、氷のように冷たかった。
岸にあがると、ゾウはいなくなっていた。
ふたりはすぐに服を着たが、からだのふるえはとまらなかった。
「弱虫は、メルクリンだ」トゥルビンは岸に腰《こし》をおろすと、満足そうにいった。
「どうでもいいよ。ぼくは、勝ち負けなんか気にしないもの」メルクリンはこたえた。
それから、ふたりはトゥルビンの帽子《ぼうし》で湖の水をくみ、かわりばんこにのどをうるおした。

「じゃあ、メルクリン。いま、きみは、いちばんなにがほしい？」とトゥルビン。

「秘密《ひみつ》だよ。トゥルビンは？」

「じゃあ、ぼくも秘密《ひみつ》」

しばらくのあいだ、ふたりはだまりこみ、自分たちがいまいちばんほしいものを胸《むね》に思いえがいた。

するとそこへ、一匹《ぴき》の犬がしげみをかきわけてあらわれた。しっぽをふり、耳をぴくぴくさせ、口にボールをくわえている。

「この犬、どこからきたんだろう？」トゥルビンが不思議がると、メルクリンはいった。

「ぼくのねがいごとの夢の中からだよ」

犬はボールを地面におとすと、鼻でつついてメルクリンの方へころがした。ほんとうに、いま、メルクリンが思いえがいていたとおりに。

「ワン！」

メルクリンがボールをひろって投げかえすと、犬は鼻でうけとめた。そして歩きながら鼻でボールをはずませ、さいごにメルクリンのひざにとびこむと、ぺろぺろと手をなめた。

「ここ、アフリカじゃないと思うよ」メルクリンはトゥルビンにいった。

「じゃあ、どこだと思う？」

「天国」

「まさか。天国はあっちさ」トゥルビンは空をゆびさした。

ところが顔をあげると、綱渡《つなわた》りをしている女の人の姿《すがた》が目にとびこんできた。

女の人は、木のあいだにぴんとはられた、高い綱《つな》の上をゆらゆらと歩いている。短いドレスのすそが、夕日をあびて金色に光る。

綱《つな》の上でダンスがはじまると、女の人の姿《すがた》はウルバン・ラーションの店にあった時計のバレリーナそっくりに見えた。メルクリンのひざの犬が、時計の犬とそっくりなように。
すこししてから、トゥルビンは口をひらいた。
「きみのいうとおりだ。ここは、天国だ。ということは、あの人は天使にちがいない」
そのとき、霧《きり》が湖からひろがってきて、天国に夜がおとずれた。

9
トゥルビンとメルクリンは天使といっしょに夕食を食べ、トゥルビンはガラスのハートをうけとめる

あっというまに、天使の姿《すがた》も白い霧《きり》につつまれた。

トゥルビンは、天使の名前を知りたかった。そして、もしもパパがこの天国にいるのなら、「アフターシェーブローションのにおいをさせ、ふたりの息子《むすこ》を恋《こい》しがっている飛行士を知りませんか？」と、天使に聞いてみたいと思った。

でも、もう天使の姿《すがた》は見えない。あたりには白い霧《きり》がたちこめているだけだ。

「天使さん！　天使さん！」トゥルビンは呼《よ》んでみた。

メルクリンはいっしょになって、さけぶ気はしなかった。天国で出会った犬をなでたり、くすぐったりすることで手いっぱいだったから。

犬は、メルクリンのあとをついてくる。天国はなかなかいいところだ、とメルクリンは思った。

「ワンちゃん!」メルクリンが呼《よ》ぶと、犬は「ワン!」と返事した。

そのとき、耳なれない声がした。

「ヤッフ!」

同時に、木のかげから赤い靴《くつ》があらわれた。それから二本の足、つづいて短いドレスのすそ。そして、天使の全身が。

羽は、はえていない。

赤い髪《かみ》に緑のひとみ。たけの短いドレスには、ダイヤモンドの粒《つぶ》のようなものがちりばめられている。

天使はトゥルビンとメルクリンにむかって、にこっとほほえんだ。

トゥルビンは帽子《ぼうし》をとって、おじぎをした。天使にどんなふうにあいさつしたらいいのか、よくわからなかったのだ。

「はじめまして」トゥルビンはいった。

「こんにちは。あなたたちは、どなた？」

天使に聞かれて、トゥルビンはすこし考えてからこたえた。

「ふたりとも、地上からきました。まだきたばかりで……」

「あたしもよ」天使はいった。「あたし、ターニャっていうの。犬はヤッフよ」

そこで、トゥルビンとメルクリンも名前を名のった。

「ぼく、メルクリン」

「トゥルビンといいます。兄として、小さな弟のめ

んどうをみています」

「この犬は、おねえさんの？」メルクリンがたずねた。

「そうよ。気にいった？」

「うん」メルクリンは耳が赤くなった。

「弟は犬のぬいぐるみを持っていたんですが、なくしてしまったんです」トゥルビンがつけたした。

「天国に犬がいるなんて、思ってもみなかったよ」メルクリンはいった。「ゾウもいるなんてね。でも犬がいるのが、ぼくにはなによりもうれしいけど」

「食べるものもありますか？」トゥルビンはたずねた。「ふたりとも、とてもおなかがすいているもので。餓死《がし》しそうなくらいです。どんな食べものがあるんですか？神さまが恵《めぐ》んでくれるとかいう、聖《せい》なるおかゆでなければいいんですが。あれは、どうも、まずそうで……」

「フフッ。あたしのところへくれば、ミートボールとスパゲティがあるわよ」

「わっ、それはうまそうだ！」トゥルビンは、大きな声でさけんだ。


三人は木立をぬけて、霧《きり》の中を歩いていった。

ヤッフも鼻でボールをまわしながら、ついてきた。

ターニャは、自分は天使ではないといった。あたしは、サーカスの綱渡《つなわた》りの芸人《げいにん》なのよと。

トゥルビンとメルクリンは、ターニャが天使でなくてもかまわなかった。

「ってことは、ぼくたちは生きてるってことだよね」とメルクリン。

「サーカスとはおもしろい。見てみたいなあ」とトゥルビン。

トゥルビンもメルクリンも、サーカスへは行ったことがなかった。

「そうねえ、いますぐ見るのはむりだと思うわ」ターニャはいった。

なぜなら、サーカスの一団はこのあき地についたばかりだからだ。

ゾウは原っぱで草を食べているし、力持ちの男はからだがなまらないよう、おもい石を持ちあげている。剣《けん》を飲みこむ男は、トレーニングのまっさいちゅう。

団員が生活する車や、動物をはこぶ車は、ずらりと一列に半円をえがいてならんでいて、先頭にぜんぶの車をひっぱるジープがとまっている。

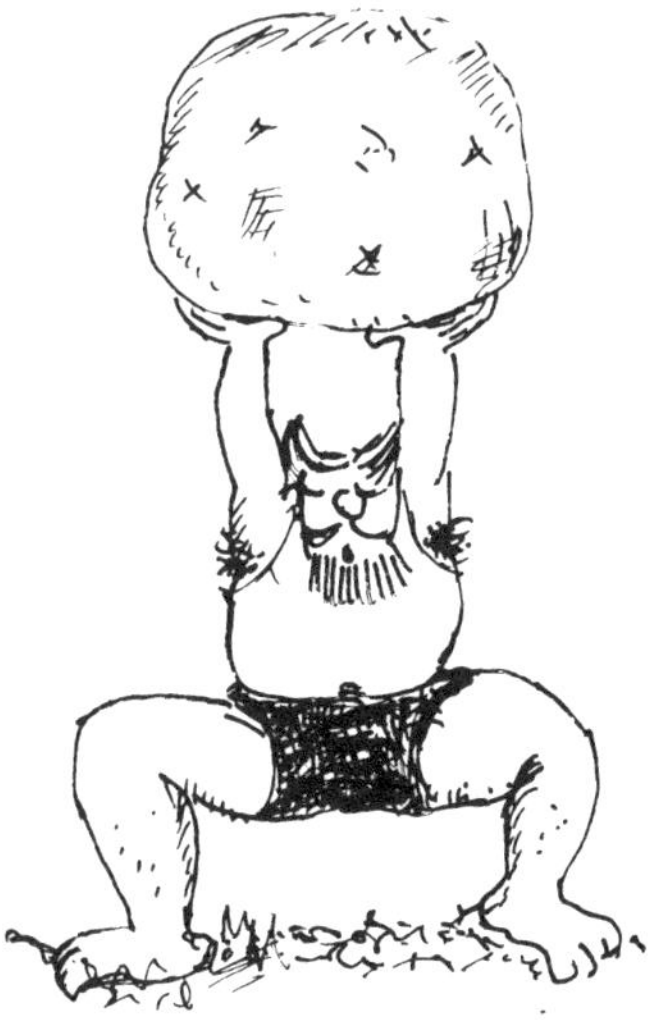

ボンネットにかがみこんで、心配そうにエンジンをのぞきこんでいるのは、団長さんとピエロだ。

「エンジンが故障《こしょう》したみたいなの」ターニャ

はため息をついた。「あたしたち、お昼の休憩《きゅうけい》のためにここへきたのだけど、これじゃ、このさき、どこへも行けないわ」

「なんて運がいいんだ」トゥルビンは声をはずませた。「そうでなければ、あなたに会うことはなかった。食べものにありつけることもなかった」

「ヤッフにも会えなかったよ」メルクリンもいった。

三人は、ターニャの車へ入った。

車の中は、とても居心地《いごこち》がよかった。まるで、ワンルームのアパートのようだ。キッチンつきの部屋にテーブルと椅子《いす》が四つ、ベッドがふたつ。

ターニャはコンロのまえに立って、ミートボールを焼き、スパゲティをゆでた。

ターニャが料理をしているあいだ、トゥルビンとメルクリンは自分たちの冒険《ぼうけん》について話した。

「おとうさんが見つかるといいわね」ふたりの話がおわると、ターニャはいった。

「うん、ほんとにね」とメルクリン。

「でも、そうかんたんではないんですよ。その星をどこで見たのか、おぼえていないんです。方角がごちゃごちゃになってしまって……」トゥルビンが声をおとすと、ターニャははげますようにいった。

「星ならまたまたたいて、あなたたちをみちびいてくれるわよ」

「そうだといいんですが……」

そのとき、料理ができあがった。

トゥルビンもメルクリンも、すぐに口の中がミートボールとスパゲティでいっぱいになり、しゃべれなくなった。

かわりに、ターニャがしゃべった。

サーカスの団長《だんちょう》は、自分の父親であること。いま、サーカスはとてもこまったことになっていること。明日はとなり町で今年さいごの公演《こうえん》があるのだが、車がなおらず、明日の公演《こうえん》にまにあわなければ、賠《ばい》償金《しょうきん》をはらうために、サーカスをまるごと売りにださなければならないこと。

「ヤッフも?」メルクリンはたずねた。

「たぶんね」ターニャは小声でこたえた。

そのとき、ヤッフがはしゃぎだした。メルクリンがミートボールのさいごのひとつを投げてやったからだ。

メルクリンはヤッフをつれて、外へでた。ふたりきりですごしたかったたし、もしか

したら空に星が見えるかもしれないと思ったのだ。

でも外は暗くて、くもっていた。光っているのは、団長《だんちょう》さんが手に持っている懐中電灯《かいちゅうでんとう》だけだ。車のボンネットの中をてらしているのだ。

メルクリンとヤッフは、どっちが早いか競走した。ヤッフが勝った。

キャッチボールをはじめると、ヤッフはじょうずに口でうけとった。

ふたりは、どんどん高く投げあった。投げあっているうちに、メルクリンがうけそこね、ボールは暗闇《くらやみ》にころがった。

メルクリンは、道ばたのしげみの中をはいずりまわってさがした。でもすぐに、ヤッフがボールを見つけた。

メルクリンが見つけたのは、ちがうものだった。機械の部品みたいだ。

「パパ……」メルクリンはそれを胸《むね》におしあてると、つぶやいた。「これはきっと、パパの飛行機のだ！」

メルクリンはトゥルビンに見せようと、ターニャの車へかけていった。団長《だんちょう》さんとピエロはあいかわらず、こわれた車のところに立っている。

とおりすぎようとすると、団長《だんちょう》さんがメルクリンに声をかけた。

「なにを持ってるんだね？」

「これだよ」メルクリンはさしだした。

団長《だんちょう》さんは部品を手にすると、おもてにしたり、うらにしたりして、じろじろとながめた。そして、太陽のように顔をかがやかせると、大きな声でいった。

「きみ、これがなにかわかるかね？」

「ううん、知らない。ちゃんとはね」

「これこそ、われわれがさがしていたエンジンの部品だ。走っているあいだに、ねじがゆるんで、おちてしまったのだ。これで、サーカスは助かる。きみは天使だ。わかるね？」

「ううん、ぼくはメルクリンだよ」

「とにかく、きみは小さなヒーローだ！」

団長《だんちょう》さんはいった。


その夜、トゥルビンとメルクリンは砲弾《ほうだん》男の車にとめてもらった。砲弾《ほうだん》男は太りすぎて、大砲《たいほう》の筒《つつ》に入れなくなったので、サ

ーカスの仕事はもうしていなかった。

つぎの日、トゥルビンとメルクリンはとなり町へ、サーカス団《だん》といっしょに移動した。サーカスの公演《こうえん》を見るためだ。

広場にテントをはりおえると、団長《だんちょう》さんがやってきて、「きみたちは、いちばんいい席にすわってくれ」といった。そして、メルクリンにあらためてサーカスを救ってくれたお礼をいい、細いぼうに白い雲がついたものをさしだした。

「これはなんです？」トゥルビンがたずねた。

「わたあめだよ。砂糖《さとう》のお菓子だ」

「なら、ぼくが持っていましょう」トゥルビンはわたあめをうけとり、団長《だんちょう》さんが行ってしまうと、あっというまに半分たいらげた。

「あまいものは歯によくないからな。のこりは、ぜんぶ食べてもいいぞ。でも、車の部品を見つけたからといって、えらそうにしてはいけないよ。古い部品なんて、だれにでも、かんたんに見つけられるものなんだから」

そして、「そろそろ中に入って、席につこう」とつづけた。「はじめからおわりまで、だしものはぜんぶ見ないといけないからね」

公演《こうえん》がはじまるまでには、まだ二時間もあった。

トゥルビンは席につき、首をそらして天井を見あげた。

「すてきな天井だなあ。サーカスにこられて、きみも楽しいだろ?」

「うん。でも、はじまったら、もっと楽しいと思うよ」メルクリンはいった。


たしかにそのとおりだった。

団長さんがおじぎをして、ムチをピシッと鳴らすと、馬が舞台《ぶたい》をかけまわりだした。そのうちの一頭の背中《せなか》に、ターニャが立っている。力持ちの男が片腕《かたうで》で太った観客を持ちあげたり、ゾウたちがピエロに水をふきかけたりする。

つぎのだしものが、これまた最高にすばらしかった。

まずは、ヤッフが赤い大きなボールの上にとびのり、うしろ足で立ってバランスをとりながら、黄色い小さなボールを鼻でぽんぽんとつきあげた。それから、ボールを観客席《かんきゃくせき》にいる子どもにほうり、子どもはキャッチしたボールをヤッフに投げかえした。

ヤッフはメルクリンにも三回、ボールをまわしてくれた。そしてさいごに、ターニャが持っている輪の中をひらりとぬけると、メルクリンのひざにぴょんととびのった。

「すごいぞ、ヤッフ！」メルクリンはさけんだ。

つづいて、ターニャの綱渡《つなわた》りがはじまった。

ターニャは、ウルバン・ラーションの時計のバレリーナのように、美しくかろやか

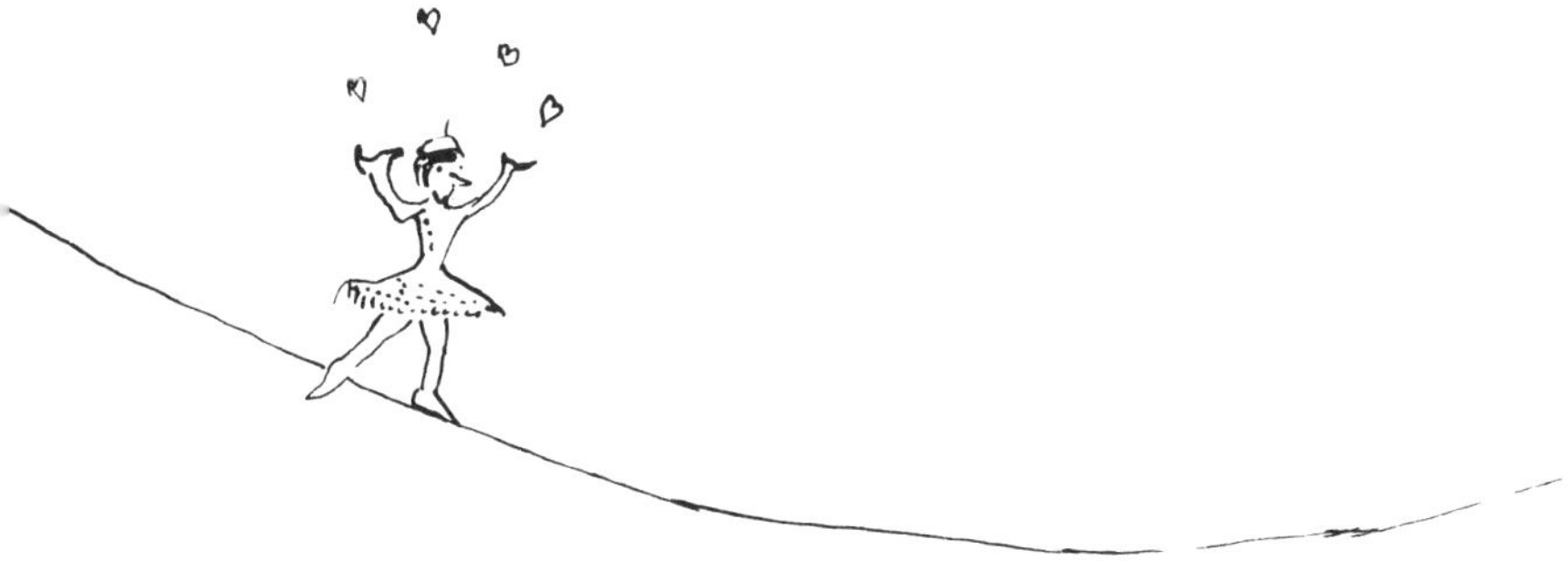

に、綱《つな》の上をおどり歩いた。スポットライトをあびた衣装《いしょう》が金のようにかがやき、赤い髪《かみ》がまぶしく光る。

まん中までくると、ターニャは足で綱《つな》をゆらしながら、ガラスでできた六つのハートを、お手玉みたいにジャグルしはじめた。

トゥルビンははらはらドキドキして、ときどき帽子《ぼうし》で顔をおおった。そして、とうとう大声をあげてしまった。

「ターニャ、もうやめてくれ！」

ターニャは、客席をちらりと見た。そのとたん、ハートのひとつが手からすべりおちた。

と思うや、トゥルビンが椅子《いす》からとびあがり、走っていって、帽子《ぼうし》でみごとにハートをうけとめた。

観客たちは手をたたいて、よろこんだ。それも、サーカスのだしものの一部だと思ったのだ。

トゥルビンは右に左に何度もおじぎをすると、さわやかな空気をすおうと外へでていった。もうそれ以上、ターニャの綱渡《つなわた》りを見てはいられなかった。


サーカスの公演《こうえん》は、無事におわった。

テントの外に、ターニャもでてきた。

「今年はこれでおしまい。でも春になったら、また公演《こうえん》の旅をはじめるのよ」

メルクリンはヤッフをなでていた。もう、お別れのときなのだ。

ターニャは食べものを入れたかごを、トゥルビンに手わたした。

トゥルビンはターニャの手をにぎった。

「あなたに会えて、本当によかった。サーカスを見られたことも。でも、神経こまやかなぼくには、刺激《しげき》がつよすぎました」

「これから、どこへ行くの？」

「たぶん、もう一度、ぼくたちの星を見つけに」トゥルビンはそういうと、夜空をゆびさした。

空には、星がまたたきはじめていた。おそろしいほど、たくさんある。

メルクリンはポケットからイエスさまをとりだすと、ささやいた。

「おねがいします。どうか、ぼくたちの星を見つけるのを助けてください」

するとまもなく、新しい星が空にあらわれた。これまでに見たどの星よりも美しく、金と赤と白のつよい光をはなっている。東南東にあるトゥルビンとメルクリンの星だ。

「あれだ！」トゥルビンはさけんだ。「あとは歩いていくだけだ」

ふたりが歩きだすと、ヤッフが「ワン！」と声をあげた。ふりむいたメルクリンに、

ヤッフは黄色いボールを鼻でパスしてよこした。

10 トゥルビンとメルクリンは一軒《けん》の家を見つけ、ねむりについて、冒険《ぼうけん》をおえる

トゥルビンとメルクリンは、星をたどって歩いていった。

ところがまたたくまに、星は見えなくなった。一瞬《しゅん》パチパチと火花をちらし、それから地面にすーっとおち、そのまま消えてしまった。

でも、コンパスを見ていたトゥルビンには、ちゃんと方向がわかっていた。

「こっちだ」トゥルビンはいった。

ふたりは、ターニャにもらったかごからニンジンとチキンをとりだして食べると、また歩きだした。

やがて、東の空が明るくなりはじめた。新しい一日のはじまりだ。

寒かったので、ふたりはせっせと歩いた。

歩きながら、トゥルビンはつぶやいた。

「なんなんだろう、これは……？　なんか変な感じがする……」

「病気なの？」メルクリンが心配そうにたずねた。

「いや、まるで、おなかがすいているような……」

「だったら、もう一本ニンジンを食べなよ」

「いや、胃袋《いぶくろ》はいっぱいなんだ。すいているのは、このあたり」トゥルビンは胸《むね》をおさえた。

胸《むね》ポケットには、帽子《ぼうし》でうけとめた赤いガラスのハートが入っている。

メルクリンも、自分の胸《むね》をさわった。

「ぼくもすこし、変な感じがするよ」

「その、つまり、からっぽといおうか……。この地上があらわれるまえみたいな、なにもない感じなんだ。やっぱり、病気なのかも。悪いが、メルクリン、ベビーカーをおしてくれ」

メルクリンはいわれたとおり、ベビーカーをおしはじめた。

けれどもすぐに、なにかつかまるものがあるほうがいいといって、トゥルビンがまたベビーカーをおしたがった。

トゥルビンはうつむき、背中《せなか》をまるめて歩きつづけた。

メルクリンは、トゥルビンを元気づけたかった。なにしろ、トゥルビンはメルクリンのいちばんのなかよしなのだから。

そこで、メルクリンはおかしな顔をして見せた。

「どう、おもしろくない？」

「ちっとも」とトゥルビン。

メルクリンはカエルとびをして、「ケロ、ケロ」と鳴いてみせた。

「ぜんぜん」とトゥルビン。

メルクリンが逆立ちをして歩いてみせると、トゥルビンは「もういい」といった。

「かわりに、なにかうたってくれ」

「なんのうた？」

「愛《あい》と恋《こい》しさについて。緑のひとみと赤い髪《かみ》についての歌だ」

そこで、メルクリンは愛《あい》と恋《こい》しさについて、うたいはじめた。

はじめに、緑のひとみと赤い髪《かみ》について。つぎに、茶色いひとみと黒いしっぽについて。こんなふうに。

緑のものを見ると　ぼくが思いだすもの
それは　きみの緑のひとみ
赤いものを見ると　ぼくが思いだすもの
それは　きみの赤い髪《かみ》
そして　きみの赤いくちびるを　ぼくは昨日のことのように思いだす

ぼくは恋《こい》しくてたまらない　これが恋《こい》というものなのか？
なのに　恋《こい》しいきみは　どうしてここにいてくれないの？
きみの茶色いひとみは　どこへいってしまったの？
きみのかわいい小さな鼻も
きみのふさふさとした黒いしっぽも

きみのからだを包む毛は　ほんとうになめらかだった
ひげも　舌も　四本の足も　きみのすべてが

そのさきは、つづけられなかった。トゥルビンがさえぎったからだ。

「やめろ！　しっぽがどうした？　足が四本だって？　まったく、なんの歌だ？　歌なんて役にたたない！　ああ、かわいそうなぼく！　いっそ、吹雪《ふぶき》でもふきあれるがいい！」

トゥルビンがそういったとたん、雪がふりだした。


はじめのうちは風もよわく、大きくてやわらかな

雪がひらひらとふってきただけだった。ところが、しだいに風がつよまり、雪もはげしくなった。

「いいぞー！」トゥルビンはさけんだ。「もっとふきあれろ！」

とたんに、風はトゥルビンの帽子《ぼうし》をふきとばした。帽子《ぼうし》はころころころがり、くるくるとばされ、どんどん遠くへ行ってしまう。

「おい、待て。もどってこい！」トゥルビンはどなったが、むだだった。

帽子《ぼうし》は道をこえ、畑の上をとんでいく。

トゥルビンとメルクリンは、必死になって帽子《ぼうし》を追いかけた。

けれども、トゥルビンがつかまえそうになるたびに、帽子《ぼうし》はわっと空高くまいあがり、さらにスピードをあげる。

一日じゅう、ふたりは走りつづけた。足が疲れても休むことなく、ソーセージを売っている小屋のまえをかけぬけ、高いトウヒの木のよこをとおりすぎた。

やがてようやく、帽子《ぼうし》はすすだらけの木にひっかかってとまった。そばに、火事でやけおちた家がある。

メルクリンがすぐに木によじのぼって、帽子《ぼうし》をとってきた。トゥルビンは、

自分ではコートのすそが枝にひっかかって、うまくのぼれないと思ったのだ。

「ありがとう、助かった」トゥルビンはメルクリンにお礼をいい、コートのそでで帽《ぼう》子《し》のすすをふきとると、しっかりと頭にかぶった。そして、帽子《ぼうし》にいった。

「もどってきてくれて、ありがとう」

それから、ふたりはトゥルビンが鼻でしめした方向へ、また歩きだした。

じきに夜になった。風にあおられ、木がぶきみな音をたてている。顔に雪があたる。

とつぜん、目のまえに一軒《けん》の家が見えた。吹雪《ふぶき》のむこうに、窓の明かりがぼんやりとともっている。家の中はあたたかくて、とても気持ちがよさそうだ。

「あそこに住めたらいいのになあ」メルクリンがつ

ぶやくと、トゥルビンも「本当にな」といった。「せめて中へ入って、あたたまるくらいはできるだろう」

さっそく、ふたりはそのとおりにした。ドアに、かぎはかかっていなかった。

本当に居心地《いごこち》のいい家だった。

床《ゆか》にラグマットがしいてある。居間《いま》では、ラジオから音楽が流れている。ストーブの火はパチパチともえ、窓辺《まどべ》にはサボテンや花がおかれ、すみに、ろうそくやモー

ルやリンゴでかざられたクリスマス・ツリーが立っている。

どこもかしこも、清潔《せいけつ》なにおいがする。

台所にはなべがかけてあって、中ではスープがくつくつとにえている。

「ここは、地上でいちばんすばらしいところだぞ」

トゥルビンが声をあげた。

「宇宙でいちばん、すばらしいところだよ」メルクリンもいった。

「ぼくたちの古い家とは大ちがいだ」

「うん」

ふたりは靴《くつ》と靴下《くつした》をぬぎ、ストーブであたたまろうと、居間《いま》へ足をふみいれた。

ところがそのとき、屋根うらで声がした。だれかが、「ふーむ」とうなっている。

「だれなの？」とメルクリン。

「さあ……」とトゥルビン。

「行ってみようよ」

「もちろんだ。メルクリン、さきに行ってくれ」トゥルビンはいった。


屋根うら部屋へあがってみると、男の人がひとり、ふたりに背《せ》をむけ、机《つくえ》のまえにすわっていた。アフターシェーブローションのにおいがする。思ったとおりだ。

机《つくえ》の上には、飛行士用の革《かわ》の帽子《ぼうし》と手首の長い手袋《てぶくろ》がおいてある。

「きみたちだとわかっていたよ」男の人は、太く低い声でいった。

「パパだ……」メルクリンはつぶやいた。

「まさか」とトゥルビン。

男の人がふりむいた。

やはり、ちがった。パパではなかった。時計屋のウルバン・ラーションだった。

ウルバン・ラーションはにっこりほほえむと、まえは動いていなかった壁《かべ》の時計をちらりと見た。

「きみたちがこの時間に帰ってくるだろうと思って、あたたかいスープを作っておいたよ。ベッドのシーツもかえておいた。ふたりとも、寒くて、おなかがすいて、疲《つか》れているだろうと思ってね」

「そのとおりさ」トゥルビンはこたえた。

「この家に住むの?」メルクリンはたずねた。

「きみたちさえ、いいといってくれたらね。わたしの家はもえてしまった。さいごの実験をしたときに。きみたちにも見えただろ?　空の明るい火の玉が。この部屋、あ

いているんだよね？」

「うん」メルクリンがこたえた。「……ってことは、時計屋のおじいさんは、ぼくたちのおじいさんパパになるってことだよね」

「ああ、よろこんでなるよ」ウルバン・ラーションはいった。

食事のあと、三人は居間《いま》にすわった。
トゥルビンは、この長い旅のあいだにしたことを話した。しなかったこともすこし。
トゥルビンの話がおわると、ウルバン・ラーションはいった。
「そりゃあ、大変だったたな。それで、またすぐ冒険《ぼうけん》の旅にでるのかね？」

「いや、しばらく冒険《ぼうけん》はやめておきますよ」

とトゥルビン。

「そうだね」とメルクリン。

それから、三人はすこしのあいだ、話もせずにしずかにしていた。

壁《かべ》の時計がチクタク、時をきざんでいる。

ウルバン・ラーションは紅茶をすすった。

メルクリンは、しずかにイエスさまをかいばおけに寝《ね》かせた。もうすぐ、イエスさまがこの世に生まれる時間だからだ。

ウルバン・ラーションは、すでにヨゼフとマリアとラクダにのった三博士を、かいばおけのまえにならべていた。

「今夜は天気予報を聞かないの？」メルクリンがたずねると、トゥルビンは「聞かな

い」とこたえた。

「今夜は、じっくり考えごとをしたい。でもそのまえに、なにか本を読んであげよう」

「読まなくていいよ。今夜は、ぼくも考えごとをしたいから」メルクリンはいった。

三人はたがいに、おやすみをいいあった。

「おやすみ、メルクリン」とトゥルビン。

「おやすみ、トゥルビン」とメルクリン。

「おやすみ、わたしのふたりの友よ」とウルバン・ラーション。

「おやすみ、大好きなおじいさんパパ」トゥルビンとメルクリンは声をそろえた。

ふたりはそれぞれに、きれいにととのえられたベッドにもぐりこんだ。

そして、考えた。トゥルビンは、緑のひとみと赤い髪《かみ》の、いとしいターニャのことを。メルクリンは、茶色いひとみと黒いしっぽの、かわいいヤッフのことを。

やがて、ふたりはねむりにおちた。目がさめれば、また新しい日がはじまるだろう。

トゥルビンは、胸《むね》に赤いガラスのハートをあてていた。
メルクリンは、ほおに黄色いボールをあてていた。

ウルフ・スタルク[Ulf Stark]
1944年ストックホルム生まれ。スウェーデンを代表する児童文学作家。
1988年に絵本『ぼくはジャガーだ』(ブッキング)の文章でニルス・ホルゲション賞,
1993年に意欲的な作家活動に対して贈られるアストリッド・リンドグレーン賞,
1994年『おじいちゃんの口笛』(ほるぷ出版)でドイツ児童図書賞等,数々の賞を受賞。
他に『シロクマたちのダンス』(偕成社),『ミラクル・ボーイ』(ほるぷ出版),
『地獄の悪魔アスモデウス』(あすなろ書房),『おにいちゃんといっしょ』,
『ちいさくなったパパ』,『うそつきの天才』,「パーシーシリーズ」全3巻(小峰書店)等
がある。

菱木晃子[ひしきあきらこ]
1960年東京生まれ。慶応義塾大学卒業。スウェーデン児童文学の翻訳に活躍。
2009年スウェーデンより北極星勲章をおくられる。
ウルフ・スタルク作品を多く手がける。他に,『ニルスのふしぎな旅』(福音館書店),
『長くつ下のピッピ　ニュー・エディション』(岩波書店),『マイがいた夏』(徳間書店),
「セーラーとペッカ」シリーズ(偕成社),『ノーラ、12歳の秋』,「パーシーシリーズ」
全3巻(小峰書店)など多数ある。

トゥルビンとメルクリンの不思議な旅　Y.A.Books

2009年8月30日　第1刷発行

作者　ウルフ・スタルク
画家　ウルフ・スタルク
訳者　菱木晃子
ブックデザイン　細川佳

発行者　小峰紀雄
発行所　(株)小峰書店　〒162-0066　東京都新宿区市谷台町4-15
TEL 03-3357-3521　FAX 03-3357-1027　http://www.komineshoten.co.jp/
印刷/(株)厚徳社　製本/小髙製本工業(株)

ISBN978-4-338-14430-8
NDC949　159P　20cm　乱丁・落丁本はお取り替えいたします。